대백두에 바친다

대백두에 바친다

이 근 배 기념시집

시인생각

시인의 말

나를 낳아준 산과 물 그 풀 한 포기 흙 한 줌도 용암처럼 끓어 넘치는 모국어의 가락임을 어찌하랴. 질기고 오랜 역사를 이끌고 어둠과 비바람을 쫓으며 장엄하게 솟아오르는 백두대간을 우러르며 나는 풀벌레만큼의 울음소리도 내지 못한다. 다만 나를 젖 물려 키우고 말과 글을 가르쳐준 이 땅에 태어난 너무도 눈부신 축복 앞에서 서툰 글자들을 써서 소지燒紙로 태울 뿐이다.

돌아보면 내게 맡겨진 한 시대는 몹시도 가파로운 고갯길이었다. 저 일제의 강점기에 태어나 광복, 분단, 전쟁…… 그리고 이어지는 갈등과 격동의 물살을 겪으면서 정작 써야 할 시 한 줄도 나는 내놓을 힘이 없었다. 그런 내가 나라 안의 크고 작은 일이 있을 때 기념시, 축시 등의 자리에 자주 부름을 받은 까닭을 모르는 채 엎드려 한 글자씩 적어나갔을 뿐이다.

무엇을 쓸 것인가 어떻게 쓸 것인가를 앞에 놓고 막막해하면서 내가 아는 낱말들을 곰곰이 새기고 끝까지 쫓아가는 것이 고작이었다. 더러는 선배 시인들의 분에 넘치는 덕담을 들으면서도 나는 시집에 끼워 넣지 못하고 한구석에 밀어 넣었던 것들 속에서 가려 뽑아 용기를 내어 책으로 묶는다. 이것들은 모두 내 것이 아닌 나를 낳아준 흙과 물과 내가 살아온 시대가 흘리고 간 말을 주워 담은 것임을 밝히지 않을 수 없다.

2019년 10월

이 근 배

대백두에 바친다

시인의 말

1

이근배 기념시집

2

3

4

1

종소리는 끝없이 새벽을 깨운다

오래 이 땅을 지켜온 말들이
어둠에 갇혀 목청을 열지 못하고 있을 때
붓을 쥔 사람들의 생각이
두꺼운 얼음장에 덮여
푸른 싹을 틔우지 못하고 있을 때
바리케이드와 통금시간에 걸려
내일로 가는 길이 막혀있을 때
한 시대의 새벽을 깨우는
종소리 하나 첫울음을 터뜨리고 있었다
이 나라의 가을 하늘을
쩌렁쩌렁하게 흔들고 있었다
산도 물도 나무도 풀도 꽃도 새도
그 소리에 눈을 뜨고 귀 기울이고 있었다
비로소 지평은 넓게 트이고
목마르던 모국어의 논밭은 샘이 솟아
새로운 경작이 시작되고 있었다
말과 글을 빼앗겼던 질곡 속에서
더욱 타올랐던 모국어의 혼불들

분단과 전쟁과 궁핍 속에서도

잠들지 않고 용암처럼 들끓더니

그 거친 숨소리, 지각을 뚫는 소리

밤을 새워 듣는 이 있어

마침내 새벽의 언어를 터뜨리는

「문학사상」은 태어난 것이다

그로부터 서른 해

어둠과 싸우며 가시울타리와 싸우며

이 땅의 문학은 줄기차게 뻗어 올라

잎과 꽃과 열매를 매달고

지상의 새들도 모두 불러들여

넘치는 수확을 거두어들였다

'창간호'에 별이 되던 이름들

유진오, 양주동, 주요한, 박화성, 신석정, 김동리, 서정주, 박
두진, 오영수, 유주현, 박남수, 강신재, 이범선……

참으로 큰 별들이 하늘 밖으로 떠났지만

그 뿌리에서 별들은 다시 떠올라

새 세기의 하늘을 수놓고 있나니

이제 어느 어둠이 와서

광활한 이 토지를 덮을 수 있으랴

끝없이 새벽을 깨워

오늘의 아침을 맞이한 「문학사상」

우리 모국어의 종소리는

날로 새롭고 날로 더 멀리 울려 퍼지리라

2002. 10.「문학사상」 창간 30주년 기념시

대백두大白頭에 바친다

1

외치노라
하늘이란 하늘이 모두 모여들고
햇빛이 죽을힘을 다해 밝은 거울로 비춰주는
이 대백두의 묏부리에 올라
비로소 배달겨레의 모습을 보게 되었노라
내 청맹과니로 살아왔거니
나를 낳은 내 나라의 산자락 하나
물줄기 하나 읽을 줄 몰랐더니
백두의 큰 품 안에 들고서야
목청을 열어 울게 되었노라
보라
바람과 구름을 멀리 보내고
눈과 비 뿌린 흔적 하나 없이
홀로 우뚝 솟고 홀로 넉넉하며 홀로 빛을 모으는
백두의 얼굴, 백두의 가슴, 백두의 팔과 다리를
이 겨레를 낳고 기른 살과 뼈마디마다
나를 불태워 한 줌 흙으로 받아들인다

어머니의 어머니, 할아버지의 할아버지를 낳은
태胎에 돌아와서
자랑스러운 내 나라 만년 역사의 숨소리를 듣는다
맨 처음 땅을 덮는 불이었다가
물을 빚어 나무와 풀과 날것들에게
목숨을 준 창조의 신神 백두
동으로 서로 남으로 북으로
산을 짓고 강을 깎아
한 나라 한 겨레의 영원한 보금자리를 닦았거니
환웅 님 세우신 신시神市
단군 님 일으키신 조선의 크고 밝음이
오늘토록 줄기차게 뻗어내리고 있지 않느냐
거룩하고 거룩하다
천문봉에 올라 엎드려 절하고
우러르는 천지의 모습
하늘도 눈을 뜨지 못하는
저 깊고 푸른 빛의 소용돌이
바로 이것이다

이 겨레 으뜸으로만 살아야 하는 까닭

누만대累萬代가 흘러도 나날이 새로운 빛으로만

목숨을 얻을 수 있는 까닭

오 오 불의 불, 물의 물, 빛의 빛, 힘의 힘

시간도 여기서 태어난다

그렇다 천지를 어찌 다 헤아릴 수 있으랴

나도 다만 한순간의 불티일 뿐

내가 어떻게 이 세상에 왔고

나라는 어디 있고 겨레는 누구인가를

아득히 꿈속처럼 뵈올 뿐

대백두 그 한없이 높고 한없이 깊은 말씀

어찌 다 이를 수 있으랴

2

내 나라는 반도가 아니다

압록강과 두만강은 끝이 아니라 시작이다

옛 조선의 지도를 다시 찾아야 한다

저 굽이굽이 펄펄 끓는

고구려의 말발굽 소리를 들어라

백두의 불과 물이 이르는 땅은

모두 내 나라요 내 겨레의 터전이다

겨레여

이 백두에 올라 보라

처음부터 물려받았고

마침내 다시 찾고야 말

끝 모를 땅이 저기 부르고 있다

하물며 반세기 역사, 반세기의 지도를 두고

가슴 조이고 아파할 일이 무엇인가

이 백두에 와서 보라

한 핏줄 나눈 형제끼리 싸우는 일이며

기쁨이며 슬픔, 사랑이며 미움, 분노이며 용서 따위가

얼마나 부질없고 부끄러운 일인가를

1989년 8월 15일

나는 작디작은 물고기가 되어

장백폭포를 거슬러 올라

천지의 물가에 닿는다

손을 담근다

천지가 내 안에 기어들고

내가 천지에 녹는다

엎드려 물을 마신다

내 썩은 창자의 창자 속에서 솟구치는

견딜 수 없는 힘이 나를 물속에 빠뜨린다

나는 일파만파로 천지의 물살을 가른다

어머니의 태胎 안이듯 꿈의 꿈, 사랑의 사랑 속에 노닌다

이대로 오르고 싶다

하느님의 밧줄을 잡고

불과 물이 뒤섞이는 바닥까지 내려가고 싶다

겨레여, 6천만이여

아니 6천만의 아들의 아들, 딸의 딸들이여

철철 넘치는 이 하늘샘에 오라

태평양에도 대서양에도 뿌리를 내리는

백두산 천지에 와서

영원히 사는 겨레, 영원히 하나인

겨레의 어머니 품에 안겨보라

3

일어서라

백두대간은 다시 불기둥을 세워

지구촌의 가장 드높은 봉우리임을 선언하라

압록이며 두만이며 송화며

한라며 지리며 금강이며 묘향이며

부챗살처럼 퍼진 긴 백두의 산맥을 일으켜

북을 울리라

우리에게 설움이 있었더냐

짓밟힘이 있었더냐 쓰라림이 있었더냐

아니다

더 큰 역사, 더 큰 나라 되기 위한

스스로의 담금질이었을 뿐

우리에게 종속이 있을 수 없고

분단이 있을 수 없고

더더욱 상잔相殘이 어디 있으랴

그러나 오늘 이 겨레 매인 사슬

더러는 쓰러지고 더러는 찢긴 피 흘림의 자국

이 크나큰 밝음 앞에서도

눈감고 길을 잃는 어리석음이 있나니

아직 다 못 가진 내 강토가 있나니

백두대간이여

다시 한번 불을 뿜어다오

천둥소리를 들려다오

통일의 새벽을 열어다오

아아 백두산 천지

나는 부르지 못한다

온 겨레가 목놓아 부르는 합창이 아니고는

나는 노래할 수가 없다

허나 내 다시 오리라

통일이 오는 날 다시 와서

참았던 불덩이 같은 울음 터뜨리리라

겨레 함께 껴안고

더덩실 춤추며 날아오르리라

1989년 광복절 날 대한민국 시인으로 처음 백두산 천지를
근참覲參하고 쓴 시 (1989. 9. 5 「중앙일보」)

금강산은 길을 묻지 않는다

새들은 저희들끼리 하늘에 길을 만들고
물고기는 너른 바다에서도 길을 잃지 않는데
사람들은 길을 두고 길 아닌 길을 가기도 하고
길이 있어도 가지 못하는 길이 있다
산도 길이고 물도 길인데
산과 산 물과 물이 서로 돌아누워
내 나라의 금강산을 가는데
반세기 넘게 기다리던 사람들
이제 봄, 여름, 가을, 겨울
앞다투어 길을 나서는구나
참 이름도 개골산, 봉래산, 풍악산
철 따라 다른 우리 금강산
보라, 저 비로봉이 거느린 일만 이천 묏부리
우주 만물의 형상이 여기서 빚고
여기서 태어났구나
깎아지른 바위는 살아서 뛰며 놀고
흐르는 물은 은구슬 옥구슬이구나
소나무, 잣나무는 왜 이리 늦었느냐 반기고

구룡폭포 천둥소리 닫힌 세월을 깨운다

그렇구나

금강산이 일러주는 길은 하나

한 핏줄 칭칭 동여매는 이 길 두고

우리는 너무도 먼 길을 돌아왔구나

분단도 가고 철조망도 가고

형과 아우 겨누던 총부리도 가고

손에 손에 삽과 괭이 들고

평화의 씨앗, 자유의 씨앗 뿌리고 가꾸며

오순도순 잘 사는 길을 찾아왔구나

한 식구 한솥밥 끓이며 살자는데

우리가 사는 길 여기 있는데

어디서 왔느냐고 어디로 가느냐고

이제 금강산은 길을 묻지 않는다

2005. 8. 12. 「세계평화시인대회」 금강산에서 낭송

내 나라 땅을 밟고 올라
백두산 해돋이를 보다

달이 먼저 와서

어둠을 쓸고 있었다

이른 새벽 정한수 떠놓고

두 손 모두어 비는 어머니인 듯

백두산은 그 깊고 맑은 하늘못에

열여드레 달을 띄우고

예순 해 산과 물 끊긴 길,

마음도 한 줄로 잇고 오르는

이 땅의 아들딸들을

품 안에 보듬어 맞이하고 있었다

날마다의 하늘

날마다의 해와 달과 별이 아니었다

오랜 밤을 모국어의 혼불로 밝혀 온

남과 북의 한 핏줄 글형제들이

비로소 내 나라 땅을 밟고 우러르는

백두산이고 천지의 새벽임에랴

날마다 트는 먼동이 아니었다

억누르며 참아왔던 겨레의 숨결이

마침내 활화산으로 터져 오르는

새롭게 태어나는 백두대간

새롭게 태어나는 역사의 해돋이였다

광복 예순 해 칠월 스무사흘 이른 다섯 시

저 짓눌린 한 세기의 어둠을 벗겨내듯

끓어 넘치는 빛의 용암을 이끌고

동녘에서부터 장엄한 일출의 서곡이

대지를 우렁차게 흔들고 있었다

서로 손잡은 글형제들은

통일의 그 날을 위해 가다듬어온

모국어의 대합창으로 화답하고 있었다

살과 피를 닳으며 기다렸던

절정의 절정, 황홀의 황홀, 개벽의 개벽이

아침 햇살의 눈부신 불길을 타고

백두천지를 새 빛으로 물들이고 있었다

비로소 뵈온 나라의 얼굴

비로소 듣는 겨레의 말씀이었다.

2005. 「시경」 겨울호

한 핏줄 이어진 내 산하를 간다

빗장 잠근 하늘이었다.
두드려도 열리지 않는 땅이었다.
내 나라 역사를 철조망으로 가르고
내 겨레 가슴에 담장을 쌓은
반세기 기나긴 통곡의 해와 달이었다.
산과 산이 서로 등을 돌리고
물과 물이 돌아서 흐르던
휴전선 155마일에 허리 잘린 금수강산이었다.
남의 나라 땅 밟아서 백두산 오르고
바닷길 멀리 외둘러 금강산 가면서
산길 물길은 왜 터지지 않는 거냐고
주먹으로 가슴 치며 바라보던 분계선을
이제사 넘는구나. 그날이 오늘이구나.
서기 2003년 2월 14일 오후 1시 3분
동해안 등뼈 타고 다다른 금강통문
남쪽 한계선을 넘어 녹슨 철조망 거둬내고
묻힌 지뢰 뽑아내어 새로 닦은 길
비무장지대를 건너간다.

하늘과 땅이, 산과 물이 서로 얼싸안고

비로소 이어지는 핏줄

한 몸 되는 입맞춤을 하는구나

나도 이 흙냄새 물씬 맡으며

땅에 엎드려 입맞춤 하고 싶구나

세계와 함께 겨레와 함께

내가 지금 넘고 있는 이 길은

길이 아니다. 평화이다. 자유이다.

역사이다. 겨레이다. 사랑이다.

울음이다. 웃음이다.

이 길 하나가 열리기까지

얼마나 많은 피 흘림이 있었으며

어머니와 아들, 아버지와 딸

형과 아우의 찢긴 아픔 또 얼마였겠느냐?

이제사 오느냐, 반갑구나

할아버지, 할머니처럼 흰옷 갈아입은

금강산 일만이천 봉우리가

앞다투어 손을 내미는구나.

나무들은 눈밭에 발을 묻고

기쁜 울음을 터뜨리고

바위들도 어흥어흥 소리를 지르며 내닫는다.

이 발길 어찌 금강산에서 멈추랴

잠든 철마를 깨워 경의선 타고

압록강을 넘어 대륙으로 달리리라

묘향산도 백두산도 내 나라 땅을 질러가리라

이제 우리는 분단의 장벽을 거두었다

겨누었던 총부리도 내려놓았다.

세계여! 이 평화 이 자유를 향해

그대들도 총부리를 겨누지 말아라.

총을 들었던 손에 삽과 괭이를 들고

에헤야디야 얼싸절싸 잘 살자고 일어서는 우리

7천만 한솥밥을 이제야 먹는구나

통일은 이렇게 오는구나.

우리는 이 길로 통일 대보름을 맞으러 간다.

이근배 한국시인협회장이 금강산 시범 육로관광단의 일원으로 북녘 산
하를 돌아본 뒤 16일 돌아왔다. 그는 갈라진 겨레의 땅이 휴전 반세기
만에 이어진 감회를 신작시에 담아 본지에 보내왔다. 【편집자註】

2003. 2. 18.「동아일보」

책의 해에 바친다

하늘도 등불을 켜는구나
이 나라 금빛 눈부신 역사가
비로소 새 아침을 맞는구나
산도 들도 눈을 비비고 깨어나
밝디밝은 등불 아래로 모이는구나
목말라하던 나무며 풀들도
단비처럼 쏟아지는 글 읽는 소리에
일제히 귀를 모으는구나

얼마나 오랜 기다림이었더냐
세계 으뜸을 자랑하는 책의 나라인데
목판인쇄로 책을 찍은 것도 우리가 먼저요
금속활자를 구워낸 것도 우리가 처음인데
내 나라의 말이 있고
내 나라의 글이 있고
내 나라의 생각이 있어
몇천 년도 썩지 않는 종이를 만들고
낱낱이 글자로 새겨왔는데

책의 해가 이제야 오다니
참으로 멀고 더딘 걸음이었구나

그래 잘 왔구나
지난해마다 해마다가 책의 해였고
내일도 해마다 책의 해가 되겠지만
이렇게 책의 해를 맞게 되니
책이 색동옷 입고
책이 무동을 타고
책이 장구를 치고 피리를 부는
책의 큰 잔치가 벌어지겠구나
정치도 책이 하고
경제도 책이 하고
먹고 사는 일 모두 책이 하는
책의 세상이 되겠구나

책이 없이 나라가 어디 있고
책이 없이 백성이 어디 있나

우리는 책을 하늘로 삼고
책을 조상으로 삼고
책을 논밭으로 삼는 백성이었다
이 나라는 책으로 백성을 다스리고
책으로 농사를 짓는 나라였다
그래 하늘도 더 글 읽느라고
저렇듯 밝은 등불을 걸었구나
경주 불국사 석가탑에서 「다라니경」이 나오고
청주 흥덕사에서는 쇳물로 활자를 구워
「직지심경」을 다시 찍는다
원효며 의상이며 혜초도 산에서 내려오고
김부식, 일연, 이규보, 세종대왕, 이황, 이이, 허준
허균, 정철, 윤선도, 박지원, 정약용, 김정희……
모두 새 책을 펴내는구나

그렇다
책의 나라에 책의 해가 왔거니
하늘도 땅도 사람도 책으로 꽃을 피우겠구나

오천 년 역사가 여기서 더욱 빛을 뿜겠구나

더 푸르러라 책의 하늘이여

더 높아라 책의 산이여

한겨레 칠천만 손에 손에 책을 들고

책의 통일을 이루는구나

책의 만세를 부르는구나

1993. 1. 19.「동아일보」「문화일보」
세종문화회관 책의 해 기념식에서 낭송

독도 만세

하늘의 일이었다
처음 백두대간을 빚고
해 뜨는 쪽으로 바다를 앉힐 때
날마다 태어나는 빛의 아들
두 손으로 받아 올리라고
여기 국토의 솟을대문 독도를 세운 것은

누 억년 비, 바람 이겨내고
높은 파도 잠재우며
오직 한반도의 억센 뿌리
눈 부릅뜨고 지켜왔거니
이 홀로 우뚝 솟은 봉우리에
내 나라의 혼불이 타고 있구나

독도는 섬이 아니다
단군사직의 제단이다
광개토대왕의 성벽이다
바다의 용이 된 문무대왕의 뿔이다

불을 뿜는 충무공의 거북선이다
최익현이다, 안중근이다, 윤봉길이다
아니 오천 년 역사이다
칠천만 겨레이다

누가 함부로
이 성스러운 금표禁標를 넘보겠느냐
백두대간이 젖을 물려 키운 일본열도
먹을 것, 입을 것을 일러주고
말도 글도 가르쳤더니
먼 옛날부터 들고양이처럼 기어 와서
우리 것을 빼앗고 훔치다가
끝내는 나라까지 삼키었던
그 죗값 치르기도 전에
어찌 간사한 혀를 널름거리는 것이냐

우리는 듣는다
바닷속 깊이 끓어오르는

용암의 소리를
오래 참아온 노여움이
마침내 불기둥으로 솟아오르려
몸부림치는 아우성을
오냐! 한 발짝만 더 나서라
이제 독도는 활화산이 되어
일본열도를 침몰시키리라
아예 침략자의 종말을 보여주리라

그렇다
독도는 사랑이고 평화이고 자유이다
오늘 우리 목을 놓아 독도 만세를 부르자
내 국토의 살 한 점 피 한 방울도
함부로 건드리지 못하게
서로 얼싸 부둥켜안고
영원한 독도선언을 외치자
하늘도 땅도 바다도 목청을 여는
독도 만세를 부르자

2005. 4. 4. 한국시인협회 「독도사랑 시낭송회」

한강은 솟아오른다

아침이 열린다
긴 역사의 숲을 거슬러 올라
어둠을 가르고 강이 태어난다
이 거친 숨소리를 받으며
뛰는 맥박을 짚으며
소리 지르며 달려드는 물살 앞에서
설움처럼 감춰온 한강의 이야기를 듣는다

강은 처음 어머니였다
살을 나누어 나라를 낳고
피를 갈라서 겨레를 낳고
해와 달과 별과 구름과 바람과
꽃과 새와 나무와 풀과 산과 들과
그리고 말씀과 노래와 곡식과 잠자리와
사랑과 자유와 믿음과……
강은 거듭나는 삶이었다

하늘이 있고 땅이 있는 날부터

숱한 목숨들을 일구면서
한편으로 죽어가는 것들을 지켜보면서
강은 끝없는 울음을 삼켰다
때로 지치고 쓰러지고
찢기고 피 흘리면서도 강은
다시 일어서서 달리고
더 큰 목숨을 부둥켜안고 왔다

나라는 나라로 갈리고
형제는 형제끼리 다투면서
칼과 창과 화살의 빗발이 서고
남과 북, 동과 서에서
틈틈이 밀고 들어오는 이빨과 발톱들……
강은 홀로 지키고 홀로 싸우며
마침내는 이기고야 말았다

온갖 살아있는 것들에게 젖을 주고
품에 안고 가꾸면서도

강은 늘 버림만을 받아왔다
먹을 것을 주면 썩은 껍질을 보내오고
꽃을 주면 병든 이파리를 던져오는
시달림과 아픔과 쓰라림을 견뎌왔고
끝내는 가시철망에 한 허리가 잘리는
눈감을 수 없는 슬픔을 만나야 했다

그러나 이제 강은 다시 태어났다
생채기를 주고 마구 더럽히던
그 아들과 딸들의 손으로
맑고 환한 피가 뛰는 숨결을 살려냈다
바다로 몰려나갔던 물고기 떼가 돌아오고
제 고향으로 날아갔던
봄 여름 가을 겨울의 새들이 둥지를 틀고
뗏목이 흘러오던 그 물이랑에
오늘 한가로운 놀잇배가 두둥실 떴다

그렇다 들리느냐

정선아라리 굽이 돌아 가슴에 젖고

한강수타령 장구춤에 흥겹구나

만선의 돛폭 올리며 징징징 울리는

그날의 뱃노래 다시 부르며

한강은 새색시 같은 어머니가 되어

푸른 치마폭 넘실 감싸준다

흘러가라

역사에 얼룩진 뗏자국이여

나라의 어지러운 비비람이여

겨레의 앙금진 핏물이여

그리고 오직 사랑의 이름으로만

자유의 이름으로만 평화의 이름으로만

통일을 싣고 오라

깃발 드높이 통일을 싣고 오라.

1986. 9. 10. 「경향신문」 새로 태어나는 한강 준공 기념시

새 하늘이 열리는 날

부르노라

비로소 내 어머니의 나라

구름 낀 역사를 씻어내고

자랑스러운 내 조국의 이름을 부르노라

보라

저 지구촌 한가운데 우뚝 솟은

백두대간을 짊어지고 줄기줄기 뻗어온 반만년의 역사

가장 슬기롭고 가장 억세고 가장 부지런히 일하는

단군 할아버지 한 핏줄로 이어온 배달겨레의

그 빛나는 새 하늘

새 산과 바다가 열리고 있다.

그렇다

내 어머니의 나라의 새 얼굴이 떠오른다

내 나라 찬란한 사직의 궁전

경복궁이 대문을 활짝 열고 있다

삼각산이 북악산이 한강이 두 팔을 들어

떠오르는 새 아침의 태양을 받고 있다

저 5천 년 역사에 일제 36년쯤은
한 줌의 어둠, 한 줌의 티끌이 아니냐
1995년 8월 15일
광복 50년을 맞는 이 아침
그 어둠 그 티끌을 말끔히 털어냈구나.

저들 침략자 일제의 총알받이로 끌려갔던 할아버지와 아버
지들
정신대로 잡역부로 짐승의 발톱에 짓밟힌 할머니와 어머니들
그 오욕, 그 수탈, 그 고통의 세월이 쌓인 조선총독부
선열先烈의 서릿발 같은 불호령이 내린
쇠톱으로 잘리어 나간다
이제껏 참아왔던 설움도 아픔도
오늘에야 저 신명 나는 경복궁타령
저 목놓아 우는 북소리 바라소리
한 마당 춤사위에 모두 풀리는구나.

오 오시는구나

나라 되찾기에 한 몸 바치신 큰 어른들

김구, 이시영, 안중근, 윤봉길, 김좌진, 유관순……

그리고 항일투쟁에 피 흘린 나의 아버지 나의 어머니 어머니

모국어로 목청껏 독립을 외친

한용운, 김소월, 이상화, 윤동주, 이육사, 심훈…….

모두 7천만 겨레 앞에 통일을 손잡고 오시는구나.

맞으러 가자

빛을 찾은 지 50년 저기 새 광복통일이 오고 있다

배달겨레의 영광스러운 미래가 달려오고 있다

영원한 자유, 평화, 번영의 노래가 울려 퍼지고

백두산 한라산이 통일맞이 춤을 추는 그날

7천만 뜨거운 가슴 하나 되는

통일빛 맞으러 가자.

1995. 8. 16. 「서울신문」 조선총독부 건물 철거에 부쳐

빛의 나무 되어 25,550일

달려왔노라
이 땅의 눈부신 아침을 위해
한 시대의 어둠과 싸웠노라
겨레의 피 묻은 혼을 불씨로 하여
하늘 높이 빛의 기둥을 세웠노라
이 눈부신 승리를 이끌고
갈기를 세워 내닫겠노라

산 같은 어둠이 덮여오고
흰옷 입은 사람들의 만세 소리가
잠들 줄 모르고 소용돌이치던
1920년 4월 1일
동아일보는 이 땅의 빛으로
첫울음을 터뜨렸다

그날로부터
2만 5천 5백 5십일
모진 비바람과 눈보라 속에서

동아일보는 어둠을 먹고 자라는
빛의 나무가 되어
내 나라의 말을 하고
내 나라의 글을 쓰고
내 나라의 혼을 밝히는
꽃과 열매를 맺어왔다

부릅뜬 눈, 날 선 붓끝으로
일제의 총칼을 녹였고
겨레의 가슴에서 일장기를 지워
드높이 배달의 자존을 외쳤다
쓰러지면 다시 일어서고
찢기우고 피 흘리면 다시 새살이 돋아
마침내 해방의 날을 맞이했었다

그리고 다시 6·25의 상잔에서
4·19의 항쟁에서
아니 되풀이되는 역사의 어둠 속에서

오직 자유의 이름으로만
민주의 이름으로만
정의의 이름으로만
온몸이 불꽃이 되어 타올랐다

우러러보라
7천만 함께 살아왔고 함께 싸웠고
함께 씨 뿌렸고 함께 가꿔온
빛의 나무 동아일보
이제 통일의 큰 팔을 벌려
백두에서 한라까지 껴안으리니
7천만 손깍지를 끼고
이 둥지에 오르자
훨훨 영원한 시간의 지평을
날아오르자

1990. 4. 7. 「동아일보」 창간 70돌 기념시

바르고 빠르고 곧은 붓이리니

붓이 뛰는구나
해와 달을 가슴에 품고
눈비와 어둠을 헤치고 달려와
이 눈부신 새 하늘을 여는 아침
북한산이 날개를 치며 오르고
한강이 황금빛 목청으로 노래하는구나

돌아보면 하늘과 땅이 다시 태어나던
그 해방의 해 1945년
비로소 내 나라의 얼, 내 나라의 말
내 나라의 글이 돌아왔을 때
「서울신문」은 내 겨레의 눈과 귀가 되는
내 나라의 신문으로 첫울음을 터뜨렸다
그리고 마흔일곱 해
숨 가쁘게 달려왔다

얼마나 긴 목마름이었고
참고 기다린 오늘이었던가

이 푸르른 서울의 아침을 맞기까지
이 나라의 반세기는 반만년보다 길었고
가파른 벼랑과 깊은 골짜기를 건너며
무수히 쓰러지고 또 일어서야 했다
허나 이제 뿌리박은 땅은 옥토가 되고
햇빛과 바람은 샘물처럼 달 거니
그토록 열망하던 자유며 평등이며 평화도
풍요롭게 곳간에 넘치는 계절이 되었다
정도 6백 년, 서울의 한복판에서
아니 내 나라의 한복판에서
아니 세계의 한복판에서
「서울신문」이 우뚝 서서 외치는구나

누가 나의 목소리를 빼앗겠느냐
누가 나의 붓을 눕히겠느냐
누가 나의 글자들을 뒤엎겠느냐
나는 겨레와 더불어 온몸으로 듣고
겨레와 더불어 온몸으로 말하거니

지구촌을 갈고도 남아서
저 우주까지 가득 채우는
바르고 빠르고 곧은 붓이 될지니
통일을 울어대는 쇠북이 되리니

그렇다
아직 더 높이 오를 하늘이 있고
더 멀리 달려갈 지평이 있다
보라, 백두산이 너울너울 춤추며
서울의 품 안으로 오고 있지 않느냐
한라산도 두둥실 마중 오는구나
7천만이 얼싸안을 그 날이 오고
붓이여! 더 힘차게 뛰어라
종이여! 더 크게 울어라
「서울」이여! 더 높이 날아라

1992. 11. 22. 「서울신문」 창간 47주년 기념시

서울은 끝없이 새로 태어난다

새 빛으로 높아 가는 하늘이어라
백두대간 용트림으로 흘러내려
기름지고 아름다운 금수강산에
두둥실 찬란한 꽃송이로 떠오르는
내 나라의 서울이어라

반만년 불을 뿜어온 역사의 숨결
이 겨레 슬기로 빚어온
문화의 금빛 햇살
오늘 여기 새롭게 태어나는 서울
푸른 날개 활짝 펴는 이 큰 마당에
7천만 뜨거운 가슴으로 모여들어
손에 손잡고 하나 되는
새날의 잔치를 펼치는구나

보라
이 나라 으뜸의 보금자리
대~한민국의 서울,

아니 세계의 서울이

저 어둠과 눈보라와

아픈 역사를 모두 씻어내고

오늘 맑고 푸른 오월의

새 아침을 열고 있다

이 기쁜 새 아침을 맞이하여

북한산이 봉황으로 날아오르고

한강은 청룡이 되어

축복의 울음을 터뜨리고 있다

남산의 꽃향기 숲속에 깊어가고

물고기 떼 지어 돌아오는 한강

이제 땅 밑에 갇혔던 청계천이

사랑 실은 노래로 넘실거리면

서울은 푸른 꿈의 동산

지구촌 하늘 높이 떠오르리라

그렇다

서울은 역사이다. 겨레이다. 문화이다. 자유이다. 평화이다.
번영이다. 사랑이다. 꿈이다. 희망이다. 미래이다.
서울은 승리이다. 통일이다. 영원이다. 만세이다. 만세 소리다.

오오 뻗어나가는 서울
울타리를 허물고
너와 나, 가슴의 담장 허물고
꽃과 새, 나무와 풀, 하늘과 강물
오색구름 넘실거리는 푸른 광장에서
통일맞이의 북을 울리자
저 기미년의, 광복의
6월항쟁의, 월드컵의 만세 소리보다
천 배 만 배 더 우렁차게 지구촌을 흔드는
서울 만세를 부르자
통일 만세를 부르자
푸른 날개로 7천만 함께 날아오르자.

2004. 5. 1. 「서울광장」 개장 기념시

잔盞

풀이 되었으면 싶었다

한 해에 한 번쯤이라도 가슴에

꽃을 달고 싶었다

새가 되었으면 싶었다

봄, 여름, 가을, 겨울을

목청껏 울고 싶었다

눈부신 빛깔로 터져 오르지는 못하면서

바람과 모래의 긴 목마름을 살고

저마다 성대는 없으면서

온몸을 가시 찔리운 채 밤을 지새웠다

무엇하러 금세기에 태어나서

빈 잔만 들고 있는가

노래를 잃은 시대의 노래를 위하여

모여서 서성대는가

잠시 만났다 헤어지는 것일 뿐

가슴에 남은 슬픔의 뿌리 보이지 않는다.

1979. 7. 4. 「조선일보」 제1회 서울세계시인대회 축시

2

마침내 금강산이여 못다 부른 노래여

하늘이 열리는구나

땅이 열리는구나

바다가 열리는구나

아니 이 무슨 개벽

이 무슨 천지창조이길래

이 나라 겨레에 터지는 축복이 있길래

별들도 하늘을 떠나서

제 몸을 태우며 불비로 쏟아지는 것이냐

우리 7천만 한 핏줄

잠 못 들며 가슴 찢으며 기다려 온

그날임을 어찌 알았었느냐

우리는 가슴에 햇덩이를 안고

동해를 가르며 어둠을 씻으며

반백 년 닫혀있던 아침을 만나러 간다

아버지를 어머니를 형과 누이를

아들과 딸들을 만나러 간다

눈에 밟히고 밟히던

허공에 손을 내젓고 내젓던
분명코 내 나라의 살과 뼈인
돌 하나 물 하나 나무 하나 흙 하나
펄펄 끓는 피로 보듬어 주러
우리는 금강산에 간다

뜬눈으로 날이 새더니
이윽고 어둠 저쪽에 떠오르는 빛줄기
마침내 금강산이구나
아니 내가 첫발을 내딛기 전에
금강산이 먼저 나를 껴안아 입맞춤을 하는구나
사랑이라 말 못하고 몸으로 말하는구나
터져 오르는 슬픔 두 팔로 감싸주는구나

누가 금강산을 돌이요 물이라 했더냐
저 돌이 어찌 돌이겠으며
물이 어찌 물이겠으며
나무가 어찌 나무이겠느냐

우주를 빚은 조물주가

천만년을 바쳐 이룩해낸

마지막 혼신의 불꽃

그 활활 타는 불꽃 속에 뛰어드노니

내 몸 한 줌 재라도

겨레이고 역사이고 어머니인 금강산의

이 장엄, 이 선경, 이 신비에 묻고 가려 하노니

끝끝내 못 다 부른 노래

떨어지는 물소리라도 들려다오

그렇다

만물상이 우리네 배달자손의 모습으로

서로 부둥켜 얼싸안고 있나니

구룡폭포가 목청을 열어

천둥을 치며 기쁜 울음 쏟고 있나니

저기 눈 쌓인 비로봉이 흰 머리칼 휘날리며

오냐 오냐 부디 하나 되어라

이렇게 만났으면 더는 나뉘지 말아라

비는 듯 타이르고 있나니

백두대간이여 일어서자
잠시 접었던 날개 활짝 펴고
우리 지구촌 머리 위에
해보다 밝은 해로 떠오르자
기쁘면 함께 웃고 슬퍼도 함께 울며
오순도순 억만년 살아간 보금자리
금강산 만세를 부르자
5천 년 역사를 새로 쓰는
통일의 아침을 맞이하자.

1998. 11. 23. 「문화일보」 금강산행 첫 배를 타고 가서

자유여 영원한 호국의 횃불이여

- 육이오전쟁 참전 기념비 비문

타오르는 불길이 있다
반만년 장엄한 이 나라의 역사에
조국의 이름으로 겨레의 이름으로
목숨 바쳐 자유, 평화 지켜낸
자랑스러운 승리가 있다
저 북한 공산군의 침략으로
자손만대의 보금자리 금수강산이
한 핏줄 형제들의 피로 물들일 때
임진강에서 밀리면 서울이 무너지고
서울이 무너지면 대한민국이 위태롭다고
결사항전으로 적을 무찌르고
마침내 오늘의 조국 번영을 안겨준
파주 전투 참전용사들의
산을 뚫는 용맹과 하늘을 찌르는 나라 사랑
구국의 명장 백선엽 장군의 위대한 무공이
해보다 더 밝게 빛나고 있다
듣는가, 백두대간 한 허리를 감돌며 흐르는
저 임진강 끝없는 속울음의 증언을

그날 동족상잔의 불 뿜는 포화 속에서

산화해간 꽃다운 젊음들이 피로 쓴

거룩한 구국의 신화를, 지축을 흔들던 진군의 노래를,

허나 예순 해의 긴 시간을 넘어

아직도 산과 물을 철조망이 갈라놓고

내 형제의 가슴에 총부리를 겨누고 있나니

살아있는 전설의 파주 참전용사들이시여

호국의 영령들이시여

육이오전쟁의 명장 백선엽 장군이시여.

이 충혼의 기념탑에 길이 새겨 겨레의 영광 바치오리니

칠천만 하나 되는 조국 대한민국

억압과 굶주림에 갇힌 북녘 동포들

더불어 자유, 평화의 품에 함께 사는

통일의 새날을 맞게 하소서

지구촌에 우뚝 서는 큰 나라 이루어주소서.

2011, 6, 25 기념비 제막식에서 낭독

솟아오르는 금강이여 통일의 횃불이여

하늘이 열리도다. 땅이 열리도다.

바다가 열리도다.

여기 억만년 숨 가쁘게 달려온 백두대간

우뚝 치솟은 대 금강의 봉우리에

해와 달과 별을 불러 모으고

자랑스러운 이 나라 역사의 빛기둥을 세워

7천만 한 겨레의 염원을 터뜨리는

대 평화 대 축복 대 제전의

성화가 솟아오르는 도다.

보라! 동으로 서로 남으로 북으로

금수강산 찬란하게 열려오는

이 눈부신 개벽을,

지구촌 하늘을 새로 밝혀 드는

이 신비의 불꽃을,

금강은 조물주가 우주를 빚고

삼라만상을 빚고

마지막 혼신의 힘으로 깎고 다듬어낸

아름다움의 절정이다.

하늘과 땅이 용트림을 치다가 치다가
마침내 피워 올린 거대한 꽃봉오리이다.

이 지상의 성산 영봉에
우리는 온 겨레의 햇덩이를 안고 왔다
반 백년토록 나뉘인 산과 물을
하나로 잇는 아침을 맞으러 왔다.
펄펄 끓는 심장으로
통일의 불꽃을 피우러 왔다.
그렇다, 대 금강은
겨레이고 역사이고 어머니이고 사랑이다.
오, 불의 불, 물의 물, 빛의 빛
일어서라, 백두대간이여!
저 단군조선의, 고구려의, 백제의, 신라의
고려의, 조선왕조의
장엄한 역사의 불을 뿜어
인류 앞에 하나 되는 겨레
영원한 승리의 새날을 선언하라.

2004년 10월 제 85회 전국체육대회 통일의 불 금강산 채화에 가서

승리여 이 드높은 하늘의 축복이여

우리는 이겼노라
이 나라 반만년의 가장 드높은 하늘에
한겨레 6천만의 마음을 수놓아
자유와 평화의 깃발을 올렸노라
봇물처럼 터지는 기쁨의 여울은
오랫동안 참고 살아온 비바람의 날들과
억세게 뿌리를 뻗고 잎을 세운
우리들의 땀과 피와 싸움의 보람이거니

보라
산과 들을 비단같이 두르고
꽃과 새들을 넉넉히 키워온
우리들의 서울올림픽의 큰 마당이
두 팔을 벌려 반갑게 맞이하고 있나니
저마다 다른 조상과 핏줄과 말과 풍속으로
흩어지고 갈리우고 다투며 살아오던
50억의 가슴과 가슴이 용광로의 쇳물처럼
한 덩어리로 녹아 불꽃으로 솟으리라
이 이슬보다 더 맑고

태양보다 더 눈부신 역사의 아침에

어흥 어둠을 박차고 날아오르는

한강의 울음소리 천둥처럼 울린다

금강산 태백산이 앞다퉈 물을 주고

백두산 한라산이 손을 잡고 마중을 오니

상모 돌리는 호돌이의 어깨춤이

이 나라의 들판을 풍년가로 물들인다

둥둥둥 둥둥둥

지구촌의 온 가족이 색동옷 입고

꼬깔 쓰고 새납 불고 무동을 타고

만나고 얼싸안고 힘을 겨루고

파란 눈, 노랑머리, 검은 살빛깔

창 던지고 말을 타고 활을 쏘고 뛰고

달리고 산을 넘고 바다를 가르고

싸웠노라 이겼노라 사랑했노라

둥둥둥 둥둥둥 북이 울린다

들리는가

하늘을 흔들고 땅을 흔들어

쏟아지는 갈채며 눈물보다 뜨거운 함성
저 목메임의 소리를 겨레여 듣는가
오늘을 기다려 참고 견뎌온 고난과 아픔을
끝끝내 하나로 아물지 못하는
내 나라 반세기의 캄캄한 생채기를
온전하게 누리지 못하는 이 비원의 소리 가락을

그렇다 일어서자
오늘의 승리 오늘의 보람 오늘의 기적을 딛고
한강이 넘실대며 바다로 가듯
우리 통일의 새벽을 맞으러 가자
이 나라 반만년의 가장 드높은 하늘의 축복 속에
타오르는 서울올림픽의 성화
영원히 지상의 빛이 되리니
겨레여,
목놓아 함께 부르자
우리는 이겼노라
이겼노라.

1988. 8. 15. 「중앙일보」 서울올림픽 축시

조국의 이름으로 하늘에 새긴다

마침내 활화산이구나
이 나라의 산이란 산 모두 일어서서
승리의 함성을 지르고
이 나라의 물이란 물 함께 용솟음치며
비로소 크고 하나된 나라
대~한민국을 외치는구나
오랜 역사의 비바람 속에 억눌리고
참아왔던 설움 씻어내고
오늘에사 내 조국 만세를 부르는구나
천둥처럼 울음을 우는구나

자랑스럽고 자랑스럽도다
위대하고 위대하도다
이 땅의 불사조, 태극의 영웅들
월드컵 코리아에서
지구촌을 번쩍 들어 올렸구나
새 역사를 활짝 열었구나
빛기둥으로 높이 솟았구나

하늘은 알았으리라
땅도 읽었으리라
기필코 오늘의 이 새벽이 올 것을
내 조국, 승리의 기쁨
붉디붉은 용암으로 솟구쳐올라
지구촌을 덮을 날이 오고야 말 것을

들었느냐
오천만 겨레 한 덩어리 붉은 마음으로
터뜨리는 저 환희의 함성을
보았느냐
금수강산을 눈부신 꽃빛깔로 물들이는
태극의 깃발, 태극의 물결을

누가 기적이라 말하는가
누가 신화라 일컫는가
아니다 아니다
이것은 태양 같은 심장

배달겨레 어둠을 넘어

벽을 무너뜨리고

눈보라를 이겨낸

오직 산악 같은 투혼의 개선이거니

에베레스트인들 못 쓰러뜨리랴

태평양인들 못 뛰어넘으랴

오라! 세계를 다투던 힘센 나라여

한 핏줄 뭉쳐 일어선 우리 앞에

이제는 모두 무릎을 꿇게 하리라

오늘의 승리는 영원한 승리로

성난 파도같이 달려나가리라

그렇다

이것은 시작일 뿐이다

칠천만 겨레의 몸과 마음

서로 엉겨 용광로에 끓어 넘치고 있다

우리 언제 나뉘었더냐

얼굴과 얼굴 맞대고 가슴과 가슴을 열고

이대로 자손만만대 부둥켜 살리라
천지를 흔드는 북소리, 징소리
통일이, 통일이 열리는구나

백두여 불을 뿜어라
한라여 솟아올라라
산과 물 모두 일어서서
이 하나 됨의 승리를 노래하라
세계여 자리를 박차고 일어나
내 조국 빛나는 이름
대~한민국을 합창하라
영원한 승리를 함께 기뻐하라

2002. 6. 22. 「한국일보」 월드컵 승리의 노래

다시 불을 뿜어다오
역사의 활화산이여

새로 써야 할 역사가 있다
다시 불을 뿜어야 할 활화산이 있다
저 지옥보다 더 참혹했던 72년 전
하늘과 땅을 뒤흔들며
나라 되찾고 겨레의 혼불 높이 밝힌
매헌 윤봉길 의사의 장엄한 순국 앞에
오늘 우리 무릎 꿇고 제향을 올리오니
산하여, 겨레여,
응어리진 가슴 활짝 열고
목놓아 그날의 독립만세를 부르자
그렇다, 아직 우리는
매헌 윤봉길 의사가 한 몸을 던져 찾던
그 나라의 독립이 아니다
그 겨레의 자존이 아니다
금수강산은 허리 잘리운 채
반세기 넘도록 돌아누워 있고
역사의 시곗바늘은 거꾸로 돌아가고 있다

저 항일투쟁에 몸 바쳐 싸운 선열의 후손들은
억압과 굶주림에 숨죽이며 살고
왜제의 사냥개가 되어
애국지사와 동족의 살과 뼈를 물어뜯던
친일의 권속들은 권력과 부귀영화에
나날이 배를 불려가고 있다
이 하늘과 땅이 뒤바뀌고
정의와 불의가 엇갈린
오늘 우리의 부끄러운 삶을
비웃고 깔보며 넘보는
일본은 백두대간 앞마당을 저의 바다라 하고
중국은 반만년 지켜온 고구려를
저의 역사라 생떼를 쓰고 있지 않은가
영원한 겨레의 스승 매헌 선생이시여
그날 홍구공원에서 왜적의 심장을 향해 터뜨린
수통폭탄을 다시 한번 터뜨려 주십시오.
대한독립만세를 다시 한번 외쳐 주십시오.
다시 한번 역사의 화화산 불을 뿜어 주십시오.

이 나라 7천만 겨레

모두 손에 매헌 폭탄을 들고 일어서야 합니다

땅에 묻힌 역사 새롭게 캐내고

둘로 나뉜 핏줄 하나로 이어져

뭉친 힘 동해 앞바다와 옛 고구려 땅을 되찾고

지구촌에 우뚝 솟는 나라를 세우렵니다

영원한 독립 영원한 자주

영원한 평화 영원한 자유를

7천만 엎드려 매헌 선생의 제단에

향불을 피워 올리렵니다.

2004. 9. 5. 제6회 매헌 윤봉길 의사 추모음악제 헌시

비상하라 인류평화 하늘 높이

하늘도 우리의 하늘은
밝고 푸르기가 세계의 으뜸이라 한다
그 청잣빛을 닮아
티 없는 꿈을 키우며 살아온 우리들
5천 년의 기나긴 기다린 끝에
비로소 굵은 햇발의 아침을 만난다

눈부시구나
동녘 바다에 꿈틀거리는 빛의 비등沸騰
이제 우리의 새날이 밝아오겠구나
지난 어둠이 짙으면 짙을수록
비바람이 거세면 거셀수록
이 아침의 빛은 더욱 찬란하고
우리들의 뜨거운 마음
불덩이 되어 활활 타오른다

보아라
저기 날아오르는 크나큰 황룡

할아버지가 꿈을 꾸어서 손자를 낳고
어머니가 치마폭에 안아 아들을 낳은
아니 이 나라 사람들의 가슴에 묻고 살아온
오색 꿈의 등천을 보아라
우리들의 땀으로 이룩한 열매를 보아라
4천만의 뜻이 뭉친 뻗치는 힘을 보아라

용의 뿔은 우리들의 영광
용의 발톱은 자유, 평화의 수호
이 땅에 골고루 축복을 내릴
여의주를 입에 물고 있다
저 구슬 속엔 민주가 있다
평등이 있다. 복지가 있다
통일이 있다. 사랑이 있다
번영이 있다
승리가 있다

그렇다 하늘 높이 용을 띄우고

우리들은 60억의 식구들을 한마당에 불러들여

미증未曾의 잔치를 벌여야 한다

태평양을 건너 대서양을 지나

우랄산맥을 넘어

지구촌의 사람들이 떼를 지어 오고

마음을 나누고 힘을 겨루고

기를 흔들게 하고

꽃다발을 안겨주고

우리가 용이 되어 있음을

크고 큰 사람들임을 보여줘야 한다.

오랫동안 갈고 닦았으며

주먹을 불끈 쥐고 허리띠를 조르며

멀고 먼 길을 달려온 우리들

지금 눈앞에 비상飛翔이 이글거린다

하늘과 땅을 가르는 울음소리가

빛이 태어나는 소리가 터지고

전환轉換의 아침이 얼굴을 드러낸다

오! 4천만이여

함께 날자 더 높이 솟자

우리들은 하나, 인류는 하나

공동共同의 삶을 껴안고 날자

1988. 1. 1. 「경향신문」 신년시

새날이 동트는 광장에

참 잘도 피투성이 되어 달려왔다
산악山嶽만큼 벅차야 할
이 너의 축일을 눈물로 어루며
흔들리는 촛불을 바라보는
나의 노래는 오늘도 슬프다.

금빛으로 순금으로 빛나는
가슴안이 비어있을 이 시간에
1965년의 작열하는 태양을 이고
세계의 가장 외로운 지역에서
전장에서 헐벗은 산야에서
너를 불러 마주 보는 나의
눈시울이 자꾸 더워 온다.

기뻐서야, 하늘닿게 기뻐서야
차라리 비치는 눈물인 것일까?
더운 피로 너를 감싸 안고
학처럼 기다려온 오늘인데,

헌 누더기와 생채기와 소아마비와
그런 눈치의 정신으로 자라더니
공민권 하나 갖추지 못한 어른이 되고 말았구나

지금 너의 스무 살 나이 위에
육십갑자에 한 번쯤 있다는
가뭄과 홍수와 또 무슨 조약이 겹쳐
「엉클 톰스 캐빈」의 생애처럼
사나운 육식인종이 들끓는
세계의 시장에서 볼모가 될지도 모른다.

이웃사촌이라 알랑대는
일본이라는 나라.
그 지긋지긋한 게다짝의 나라.
충무공과 거북선은 몰라도
기미년의 유관순은 몰라도
네 기름진 문전옥답에 침을 삼키고
네 조상과 형제의 피를 탐하는

그 심장 속의 요물스런 내용을 나는 안다.
불구대천의, 불구대천의 원수,
일본에게 네가 능욕당한 대가로
몇 푼의 동전이 쥐어지면
금강산 구경이나 갈까?
아니면 낯선 주점에라도 들러
고통의 때를, 고통의 마음을 잊어볼까.

조국이여!
내 천만번 죽어서도 빛내고 싶은
오직 하나뿐인 어머니여.
참 많이도 가난하고 많이도 약해왔다.
이제 꽃전차의 행진 속에서
성장한 너를 보듬고
아직도 상한 그 몸매에다
무한한 입맞춤을, 무한한 애무를 보낸다.

허나 이리도 어두운 장강의 굽이

전쟁으로도, 혁명으로도 안되는

기나긴 이 비극을,

고구려여, 신라여, 백제여

그 늠름한 피를 보여다오.

하여 통일의 나라를

하늘도 땅도 하나뿐인 조국을 찾아다오.

국외자가 되어도 좋다.

가난하고 못나면 어떠냐?

평화한 아침 식탁과

자유의 풍악이 울리는 마을에서

너와 나 천년을 하루같이 살,

어서 그날이여 오라.

조국이여!

영원의 꽃으로 피우고 싶은

오직 하나뿐인 사랑이여.

1965년의 나의 비가의

이 슬픈 장강을 건너

새날의 동이 트는 광장에서

아, 만세!

만세를 부르자.

1965. 8. 15. 「한국일보」 광복 20주년 기념시

아침의 나라에 바친다

여기 굽이치는 산봉우리와 봉우리
저기 끓어오르는 물보라와 빛줄기들
이 하늘과 땅에 비로소 목숨을 얹혀주는
크고 밝은 태양이 뜨고 있다
이 나라 5천 년의 감춰진 눈물을 씻고
한민족 가슴마다에 이끼 낀 어둠을 걷고
1989년이 밝아온다

우리 모두 산으로 가자
백두나 한라나 설악이나 지리나
그 영봉에 올라 해돋이를 보자
오늘의 역사는 어제의 허물을 벗고 태어났듯이
지금 떠오르는 태양도
지난 어둠의 탯줄을 끊고 솟아나는 것

우리 목청을 열자
어머니가 물려준 젖과 피가 마르도록
내 나라의 아침을 노래 부르자
산과 산, 물과 물, 구름과 구름, 바람과 바람

꽃과 꽃, 새와 새, 나무와 나무들이 일어서서
모두 합창하게 노래부르자

어디서 눈보라가 오느냐
비바람이 몰아오는 숨소리가 들리느냐
설령 우리의 앞에 안개가 서려도
이제 저 하늘의 빛은 가릴 수 없거니
가난에 허리를 조르고
추위에 몸을 떨면서도 살아온
이 억세고 끈질긴 핏줄은 짓누를 수 없거니
눈 부릅뜨고 바라보는 약속된 내일이 있거니

겨레여
우리 햇빛 속에 따사롭게 손을 잡는
산이듯 물이듯 나무들이듯
이제는 한데 모여 사랑을 나누자
설움도 아픔도 떠가는 구름이듯 흘려보내고
6천만 한 덩어리로 밭 갈고 김매고 곡식을 거두자
압록강과 한강이 서로 만나고

대동강과 낙동강이 이야기하는
1989년의 시간의 꽃밭에서
우리는 자유라는 말을 쓰지 않고 자유로우며
평화라는 말을 모르나 평화를 지키며
정의를 외치지 않으나 정의롭게 사는
아니 찢기고, 피 흘리고, 짓밟히고, 억울한
그런 낱말들은 까맣게 잊고 사는
새날의 꿈을 가꿔야 한다

오, 오
아침의 나라에 넘치는 빛이여
빛을 먹고 사는 한민족의 거룩함이여
마침내 통일의 날개를 치고
금빛 목청으로 우는 산하여
우리 아들딸들의 복된 보금자리여
영원하라
영원하라.

1989. 1. 1. 「중앙일보」 신년시

한 덩어리 통일해가 되자

산이 일어서고 있다
바다가 내닫고 있다
어둡고 긴 역사의 밤을 지새고
이 나라 으뜸의 하늘, 으뜸의 땅에
참으로 눈부신 아침이 열린다

보라
백두가 뿜어 올리는 빛의 샘물
한라가 터뜨리는 크낙한 울음
산이며 강이며 모두 일어나
줄레줄레 피리 불고 상모 돌리고
하늘을 휘감는 춤사위로
통일맞이 새날 맞이의
한 마당이 어우러지고 있다

언제 이 땅에 침략이 있었더냐
굴종과 압박이 있었더냐
언제 이 땅에 분단이 있었더냐

동족상쟁 있었으며
이산의 아픔이 있었더냐
아니다, 그것은 정녕
이 땅의 것이 아니다

단군 할아버지 적부터
지구촌 한가운데 가장 살기 좋은 땅에
밭 갈고 씨 뿌리고 아들딸 키워왔거니
착하디착한 백성들 흰옷 입고
오순도순 사랑을 꽃피워왔거니
자유만 알고 평화만 알고
정의만 알고 살아왔거니
누가 함부로 넘보겠느냐
어디서 비바람인들 함부로 몰아쳤겠느냐
하물며 서로 헐뜯고 싸우고 미워하는 일이야
어찌 이 땅의 것이겠느냐
그런 날이 있었다 해도
구부러지고 찢겨진 역사가 있었다 해도

그것이 이 겨레의 것일 수는 없다

들리느냐
저 소리 1991년의 아침에 쏟아지는
이 나라 산과 물이 이어지는 소리
아버지와 아들이 만나는 소리
어머니와 딸이, 형과 아우가, 아내와 남편이 만나는 소리
산 같은 소리, 바다 같은 소리, 강물 같은 소리
마침내 통일이 오고 있는 소리

시베리아 눈밭에서 나무를 베는 것도
아프리카 밀림에서 북을 치는 것도
북태평양의 한가운데 그물을 던지는 것도
세계가 잠 안자고 귀를 세우는 것도
모두 이 나라의 통일맞이를 하기 위해서이다

일어서자
7천만 한겨레 손 잡고 서자

산 위에 산, 물 위에 물, 가슴 위에 가슴을 얹고

기뻐서 울고 슬퍼서 웃고

춤추다가 울고 노래하다가 웃고

통일해가 돋는 아침의 나라

7천만이 한덩어리 통일해가 되자

해가 뜬다

통일이 뜬다

1999. 1. 1. 「세계일보」 신년시

금강이 뜬다 내 나라의 해가 뜬다

가슴으로 부르는 노래가 있다
불꽃보다 더 뜨겁게 징징 타는
이제는 눈물마저도 마른
내 산하의 노래가 있다
바람 소리 속에서도
꿈속에서도 귀 기울여 온
내 겨레의 노래가 있다

저기 보이느냐
젖가슴을 활짝 풀어헤치고
달려들면 두 팔로 얼싸안을 듯
저기 서 있는 산이 보이느냐
오 금강이구나
그렇구나
손을 뻗으면 만져질 듯
펄펄 심장 뛰는 소리도 들리는 듯
금강이 내 앞에 와 있구나

내 태어나기 전부터 들어왔던

금강산을 이제야 보겠구나

옛날 어느 나라 시인은

금강산이 보고 싶어

이 나라에 태어나기를 소원했는데

내 태어난 지 반세기가 넘어서야

비로소 저 눈 코 입 귀를 보는구나

저것은 산이 아니다

저것은 흐르는 물이 아니다

사람이다 저것은 노래다

춤이다 입맞춤이다

저 얼굴을 보라

할아버지의 아버지의 어머니의 누나의……

아니 이 나라 7천만의 얼굴

아니 자손만대의 얼굴

단군조선의 고구려의 백제의 신라의

고려의 조선왕조의……

이 나라 5천 년 역사의 얼굴 얼굴……

누가 빚어낸 솜씨더냐
하느님이던가 부처님이던가
그 누구든 산을 만들고 물을 만들고
삼라만상을 모두 빚은 뒤
마지막으로 죽을 힘을 다해
깎고 다듬고 새긴
아름다움의 순정이거니
백두대간이 용틀임을 치다가 치다가
마침내 피워 올린 꽃봉오리거니

눈부시구나
장엄하구나
황홀하구나
신비의 불꽃으로
오래 감추며 살아온
슬픔이며 아픔이며

기쁨까지도 모두 살라서

한 덩어리의 해로 뜨는구나

동해일출로 오는구나

해돋이를 보러 가자

금강을 앞세우고 백두 설악 지리 한라……

모두 색동옷 입고 나서는구나

어서 가자

7천만 하나로 띠를 이어

통일 해돋이를 보러 가자

저기 금강이 뜬다

내 나라의 해가 뜬다

1994. 1. 1. 「동아일보」 신년시

우리는 황금이 열리는 섬으로 간다

하늘이 흐리다
동짓바람이 바다를 깨우며 운다
기우는 나라가 더 춥다
살길 찾겠다고 죽창 들고 일어선
동학농민들의 피 흘림도 헛되이 무너지고
날 세운 일제의 발톱 앞에서
반 천년 조선왕조가 떨고 있다
흉년으로 바닥난 농촌 살이
굶주린 배를 움켜쥐고만 있을 때
이 무슨 하느님의 동아줄인가
바다 멀리 하와이섬이 손짓하고 있었다

"여기로 오라
황금이 열리는 달콤한 수수밭이 있다"
땅 없고 기댈 곳 없는 흰옷의 사람들
인천 앞바다로 모여들고 있었다
백 년 전 오늘 동짓날
긴 뱃고동 소리와 함께

사랑과 눈물을 내 어머니의 땅에 뿌리며
백두 명의 장정들이 조국을 떠나고 있었다
황금보따리를 들고 와서
내 부모 형제 배 불리고
잘사는 나라도 만들어 보겠다고
무지개를 좇는 어린아이처럼
파도가 키를 넘으며 달려드는
겨울 태평양을 건너고 있었다
소처럼 일해서 정승처럼 쓰렀다지
나라를 되찾아야 우리가 돌아가지
사탕수수밭에서 피땀을 흘린
한 달 품삯 30달러를
반으로 뚝 잘라 독립자금으로 내놓는다
손과 발이 닳아서 터지고
땡볕에 얼굴이 검게 타들어 가도
고개를 내밀고 조국만을 바라보던
어머니 계신 곳에 머리를 두고 잠을 자던
가슴 뜨거운 흰옷의 사람들

핏줄은 올곧게 지켜야지
내 나라 여자 데려다 장가들고
아들딸 낳고 뿌리내리며 살았구나
푼푼이 모은 독립자금으로
해방이 되자 인천에 대학을 세우고
산 설고 물 선 이국땅에도
잘사는 한국인으로 우뚝 섰구나

해 돋는 나라에서 해를 싣고
바다 저쪽 갔던 사람들
백 년 나라 사랑 동쪽 해로 떠올라
오늘 이 나라의 아침을 밝히는구나
이제 통일 안고 두둥실 돌아오는구나

2002. 12. 23. 「한국일보」 하와이 이주 100년 기념시

크고 큰 나라 대~한민국이여

한강이 용솟음친다.
펄펄 끓어 넘치는 한반도의 용암
지구촌의 하늘을 붉게 태운다.
땅을 덮는다.

들어라
개벽과도 같이 터지는 이 승리의 함성
보아라
해일처럼 일어서는 태극깃발의 환호
마침내 대~한민국이 우뚝 솟았구나.

잘 싸웠구나
자랑스럽구나
이 땅의 위대한 태극 영웅들
이것은 결코 기적이 아니다.
신화가 아니다.

타고난 슬기와 빼어난 기상으로

오랜 역사의 비바람 속에서
강철보다 더 뜨겁게 달궈진
이 겨레의 몸과 몸, 마음과 마음
모두 바쳐 쏟아낸 힘의 불꽃이거니

오, 크고 큰 나라 대~한민국
이제 어느 누가 우리 앞에 맞서랴.
세계의 열강들 모두 눕히고
질풍같이 노도같이 달려나가자.
우리의 질주는 멈추지 않는다.

너와 내가 없고
기쁨의 용광로에서 모두 녹아들어
하나 된 나라
둥둥둥 북을 울리며
우리는 대~한민국을 합창한다.
영원한 승리의 이름
대~한민국을 목놓아 부른다.

2002. 6. 18. 2002 한일월드컵 송가 KBS 뉴스 9시 방영

승리는 영원히 타오른다

산인들 어찌 소리치지 않겠으며
물인들 어찌 노래하지 않을 수 있으랴
이 나라 오랜 역사를 딛고
온 겨레 한 덩어리 붉은 마음 되어
손뼉 치고 외치던 대한민국
그 눈부신 승리
태극깃발의 환호
하늘인들 어찌
가슴 설레지 않을 수 있었으랴

승리는 더 큰 승리를 낳는다
반세기 허리 잘렸던 금수강산이
철조망을 허물고
지뢰밭을 뒤엎고 하나로 이어졌다
철로가 놓이고 육로가 뚫리고
끊겼던 핏줄도 녹아 한 몸으로 흘렀다
하늘로는 우리가 만든 로켓이
우주를 가르며 달려나갔다

숨 가쁘게 새 역사는 쓰여지고 있었다
오래 떠받쳐온
낡고 썩은 나무들은 솎아내고
푸르고 싱싱한 새 기둥을 세우자고
내일을 꽃피울 씨앗을 심자고
진정한 자유며 평등
자주와 평화를 우리 손으로 되찾자고
우리는 승리의 행진을 시작한다

이제 경의선은 압록강을 건너
옛 고구려 땅을 지나
지구를 싸고 돌아갈 것이고
우리는 금강산, 백두산 소풍 길
어깨동무하고 걸어서 갈 것이다

이 새 역사의 출발 앞에서
7천만 겨레여 하나로 띠를 잇자
둥 둥 둥 통일의 해돋이를 맞으러 가자

2002. 12. 31. KBS 송년시 뉴스 9시 방영

3

백두산아 금강산아 어화둥둥 한라산아

― 대한민국

1

하늘이어라
해도 달도 별도
어화둥둥 어화둥둥
고운 아침 여는 하늘이어라
땅이어라
산도 물도 색동비단 수놓아 날고
더덩실 더리덩실
새날 맞아 신명나는 땅이어라

나라이어라
저리 드높은 청잣빛 하늘
기름진 땅, 샘솟는 물
나는 새, 꼬리치는 물고기도
다투어 찾아드는
가장 복되고 가장 은혜로운 터전 위에
단군성조 우뚝 세우신 나라이어라

겨레이어라
배달겨레 한 핏줄 오롯이 이어받아
한 갈래 얼, 한 갈래 말
한 갈래 글을 가꾸며 살아온
어질고 슬기로운 겨레이어라

거룩하여라
비바람 눈보라 뿌리치고
늠름하고 씩씩하게 뻗어온
반만년의 역사
영원토록 그 숨결 이어가리라

아름다워라
금을 꿰매어 머리에 이고
은을 엮어서 허리에 차고
옥을 깎아서 목에 걸고
흙을 빚어서 달을 담던
찬란한 문화

온 누리에 가득히 넘쳐나리라

2

자랑스럽고 자랑스럽다
할아버지의 할아버지 나라
어머니의 어머니의 나라
아들딸들의 그 아들딸들의 나라
우리 조국 대한민국
하늘 아래 이보다 더 크고
더 밝은 이름 있으랴
땅 위에 이보다 더 따뜻한
보금자리 있으랴

우러러 보라
저 장엄한 겨레의 명산 백두산
철 철 철 넘치는 하늘샘으로
뿜어내는 성스런 빛의 기둥을 보라
겨레를 낳고 나라를 낳고

역사를 낳고 산과 강을 낳고
나무와 풀과 꽃과 새와 바위와
구름과 비와 바람과 눈보라를 낳고
백두대간은 줄기줄기 가지를 뻗어왔거니
그 품 안에 우리 조국
대한민국이 날로 더 새롭구나

오 압록강이 흘러
동해를 살찌우면
두만강은 황해에 젖을 물린다
묘향산이 대동강 물굽이를 차고 나오면
금강산은 봄, 여름, 가을, 겨울을
목청을 갈아 노래한다

북한산이 두 팔 벌려
세계가 상모 돌리던
6백 년 서울 한마당을 얼싸안으면
한강은 둥둥둥 북을 울려

지구촌 하늘 높이 띄운다

동학의 횃불 들고
금강이 황산벌을 치달리면
태백산은 낙동강을 풀어
신라 천년 화랑의 말발굽 소리를 낸다
후여 후여 지리산 영산강이
배를 저으니
태평양 거친 물살 휘어잡고
날아오르는 한라산을 보아라

3
언제 분단의 세월이 있었더냐
찢기고 피 흘린 어둠이 있었더냐
승리는 있으되 패배는 없었느니라
기쁨은 있으되 슬픔은 없었느니라
더 큰 나라 더 큰 겨레 위한
한줄기 비바람을 어찌 마다겠느냐

부르노라

영원한 조국의 이름 대한민국

7천만 겨레 하나의 가슴으로

사랑하노라 대한민국

아, 대한민국은 어머니의 나라

자유의 나라 평화의 나라

민주의 나라 평등의 나라

행복의 나라 복지의 나라

번영의 나라 문화의 나라

통일의 나라

그렇다

대한민국은 통일의 나라다

7천만 하나 되어

어화둥둥 어화둥둥 얼싸안고

통일춤을 추자꾸나

백두산아 금강산아

어화둥둥 한라산아

압록강아 두만강아 더리덩실 한강수야

새날 맞이 통일맞이

북 울리고 징을 치자

만세 만세 만만세

영원하라 대한민국

영원하라

영원하라

1995. 10. 24. KBS 광복 50주년 기념 칸타타를 위한 시.
나인용 작곡, KBS홀 공연

산하여 아침이여

I 장

빛이 있었네

청잣빛 하늘이 트이고

빛은 이 땅 위에 가득히 넘치고 있었네

눈부시어라 비단 폭처럼 굽이쳐 흐르는

산과 산, 물과 물

백두에서 한라까지

산은 산끼리 이마를 대고 말을 건네고

압록에서 낙동까지 강은 강끼리

손을 잡고 노래를 부른다

우리들의 살과 피

이 산, 이 마을서 샘솟았느니

봉우리마다 갈피마다

사랑꽃 사랑의 무지개로 피어있구나

어머니의 가슴에 얼굴을 묻듯

어머니의 나라 내 조국의 품에 안기어

끓어오르는 기쁨 가눌 길 없으니

일어서리라 활화산같이

불기둥같이 솟아오르리라

II장
노래하세 어둠을 사르고 떠오르는 아침 해
산이 눈을 뜨고 바다가 눈을 뜨고
우리의 목숨도 깨어나 넘치는 힘으로 아침을 맞으니
우리들의 날, 우리들의 시간 속에
황금벌판이 춤을 추며 다가오네
할아버지의 땀방울과 아버지의 삽질로 가꿔온 땅
씨 뿌리고 열매 거두고 거듭나며 살아온
이 복된 터전을 물려받으니
노래하세, 노래하세
나무는 우거지고 꽃은 만발하고
새들 지저귀며 둥지를 트는
산은 높을수록 깊고 강은 흐를수록 큰물이 모이는 곳
새날 새 아침을 노래하세
역사는 산이라네 역사는 강이라네
작은 시냇물 모여 큰 강을 이룬 역사

저기 우리들이 세울 새 봉우리가 열리네

노래하세, 노래하세

우리들이 저어갈 새 바다가 부르네

하늘도 땅도 하늘도 산도 물도

우리를 축복한다네

기뻐서 춤을 춘다네, 춤을 춘다네

Ⅲ장

거룩하여라 오직 한 핏줄이여

온 겨레 배달의 겨레

잠시 흩어졌어도 다시 모이고

갈라졌어도 한 덩어리 되는

끈기와 인내로 뭉쳐진 겨레

타는 혼은 불보다 뜨거웁고

뿜는 기운은 하늘을 뚫나니

우리의 가는 길에 때때로 가리는 눈바람이야

오히려 더 밝은 내일을 위한 시련인 것

성난 바다 잠재우고

태풍에도 잎 지지 않는 나무 되어

우리는 달려왔고 영원의 길을 헤쳐갈 것이네

비록 산과 물을 가로지른 장벽 있어도

가는 새 오는 구름 막지 못하듯

이 겨레 한마음은 둘일 수 없네

마음이 하나라면 겨레도 하나

겨레가 하나라면 나라도 하나

백두가 부르니

한라가 노래하네

보아라 끝없이 이어져 돌아가는

배달의 바퀴는 앞으로만 간다

이 산과 물만이 우리의 것이랴

온 누리의 산과 바다

배달의 빛에 태어나느니

지구촌은 우리의 일터

씨 뿌리자 밭을 갈자

IV장

우뚝하구나

금빛 날개를 치며 오르는 아들이여 딸들이여

고구려의 뛰는 피며

신라의 타는 혼이며

백제의 힘줄이 일어서고 있다

슬기는 바다를 헤치고

힘은 산을 뚫나니

우리가 이르는 곳마다

승리의 깃발 오르고

사는 곳마다 영광이 넘친다

참고 견디고 기다리던 어제가 아니다

돌부리에 채이며 달려온 어제가 아니다

나는 새와 같이

뛰는 물고기와 같이

거칠 것 없는 오늘

내일은 더 넓게

더 넓게 열려있다

아름다워라

봄이면 산에 들에 물들여지는 꽃 잔치

여름이면 나무마다 풀마다 익어가는 열매

가을이면 밀려드는 금, 은의 물결

겨울이면 눈이 내리네 목화송이같이

아, 아름다워라 아름다워라

봄, 여름, 가을, 겨울 금수강산에 자라온 기상이여

우뚝하구나,

금빛날개를 치며 오르는 아들이여 딸들이여

고구려의 뛰는 피여

신라의 타는 혼이여

더 높이 솟아라 빛을 뿜어라

더 높이 솟아라 빛을 뿜어라

　Ⅴ장

산은 우리네 강은 우리네

우리가 산이네 우리가 강이네

한 핏줄, 한 살빛, 한 마음씨

보면 볼수록 더욱 눈부시네

부르고 부를수록 가슴 벅차는 배달의 나라

가시철망을 칠 곳이 없다

울타리는 무엇에 쓰나

백두에서 한라까지 길이 뚫려

육천만 하나로 이어져

손에 손에 켜는 평화의 횃불

헤어짐이 없는 만남 눈물을 거둔 웃음만이

한 덩어리로 타오른다

사랑이 쌓여서 산

사랑이 흘러서 강

남과 북이 어디 있고

동과 서가 어디 있나

태평양을 건너서도 오고

아시아의 대륙을 가로질러서 오라

비단폭 펼친 보금자리 속에

모두 오라 얼싸안고

신바람 잔치마당

우리의 노랫소리 북소리 징소리

꽹과리소리 상모 부채춤

이 땅의 아들딸들이 펼치는

힘의 자랑 징징징

산이 오른다

강이 오른다

달이 오른다

보라 아침 해가 오른다

새 하늘 새 땅이 새로 만나서

우리가 하나가 되고 인류가 하나가 되는

아침이 열리고 있다

이 아침을 노래하라

모두 함께 손을 잡고 나아가자

1984. 10. 3. KBS 올림픽 주경기장 개장 기념 칸타타를 위한 시.
백병동 작곡, 세종문화회관 공연

오라 만해개벽이여

하늘의 소리 있어라
바다의 노래 있어라
이 나라 천지에 어둠 벼락 몰아칠 때
만해 부처 이 땅에 오시어
한 몸 기름불로 태워
세상의 고통 모두 쫓았어라
어리고 착한 백성들
쓰리고 아픈 가슴 달래는
천둥보다 더 우람하고
햇빛보다 더 눈부신
〈님의 침묵〉을 쏟아부었어라

독립만세였어라
불교유신이었어라
사랑이었어라
자유이었어라
평화이었어라
억눌린 백성들 살리기 위해

동학의 횃불 높이 들었고
나라 빼앗겼을 때
맨 먼저 짚신발로 뛰쳐나와
방방곡곡 독립의 불길 질렀어라
이 겨레의 정신 바로 세우던
부처님의 가르침 어지럽히고
백성들 번뇌에 빠져 길 못 찾을 때
눕지 않고 길어 올린
설악의 물소리로 씻고 씻은
불교유신론의 새벽을 열었어라

그렇다
누가 이 나라의 산을 모두 깨우고
물을 모두 일으켜 세웠겠느냐
만해는 만법의 바다
빛을 몰고 오시는 미륵이거니
오늘 이 백성들 어리석음을
큰 부싯돌로 깨우쳐 밝혀주고

갈리고 찢긴 이 산하
한 덩이로 껴안는 개벽을 주리라

보라 설악 영산의 한 마당
백담가람에 치솟는 이 빛기둥
만해현신卍海現身의 장엄한 불꽃을
백두대간 천阡의 산이 모두 모여
법고를 두드리고
동해 만萬의 물결이 일어서서
범종을 울리고 있다
마침내 침묵을 깨치고
하늘이 내리쬐는 푸른빛의 말씀
바다가 넘쳐오는 원광圓光의 노래 들리도다

오라 만해개벽이여
그 날의 활화산이 되어
다시 불을 뿜어다오
7천만 한 덩어리로 뭉그러져

산도 바다도 덮어버리는

한 개 바위로 살게 해다오

만만년 통일을 열어다오

2002. 8. 3. 「만해축전」 낭송 축시

지용 만세

이 나라에 말씀이 있어라
겨레에 글이 있어라
오랜 역사 더불어 이 땅의 노래
씨 뿌리고 꽃 피워 왔었거니
하늘 같았어라
바다 같았어라

솟아오르는 시의 산맥
철철 넘치는 시의 강물 이어받아
이 강토 어둠이 끼어들던
20세기의 새벽
모국어의 눈부신 횃불을 들고
꺼져가는 민족혼을 밝혀 든
이 나라 현대시의 선각자 있어라
옥천이 낳은 한국이 낳은
인류의 시인 정지용이 있어라

개벽이었어라

저 사나운 침략자의 총칼에 굽히지 않고
이 겨레의 얼과 말씀과 글을
광채 나는 붓으로 캐고 닦아내어
금수강산 방방곡곡에 보석의 옷을 입힌
위대한 모국어의 천둥소리였어라

해와 달, 별과 바람, 산과 물, 나무와 풀
새와 꽃, 사랑과 이별, 슬픔과 기쁨
아버지와 어머니와 아내와 누이와
자라나는 아들딸들의 모든 것
그리고 꿈엔들 잊힐 리 없는 고향, 그곳까지
카페 프란스, 향수, 유리창, 비로봉, 백록담, 고향, 불사조,
옥류동······.
가슴에 담아 노래 되지 않은 것 어디 있으며
말씀으로 쏟아 하늘과 땅에
울리지 않은 것 어디 있으랴

저 지난 한 세기의 비바람

눈보라의 세월 속에서도

그 굴종과 억압 속에서도

동족상잔의 피 흘림 속에서도

꺾이지 않고 썩지 않고 무너지지 않고

오직 빛기둥으로 타오르던

겨레의 스승

모국어의 은인

정지용 시인 있어라

천 년에 다시 천 년토록

이 겨레 목놓아 불러도

다 부르지 못할 노래 있어라

지용 만세

지용 만세

영원한 시인 만세이어라

2002. 5. 15. 「정지용 선생 탄생 100주년 기념 지용제」 낭송

계림의 무지개여
남산의 달무리여

큰 나라 있었어라

하늘에 별처럼 깔린 절들이 등을 켜고

기러기 떼 나는 듯 탑들이 솟았어라

동해 해돋이를 이마에 받으시는

토함산 석굴암 부처님

감은사 만파식적에 잠 못 드시는

대왕암 문무대왕 님

천마총에서는 하늘말이 천년을 울고 있어라

이 눈부신 신라의 계림에

원효, 설총, 혜초, 솔거, 최치원, 일연의 혼백을 이어

빼앗긴 나랏말씀 되찾으려 태어나신

이 땅의 큰 스승 두 분이 계셨으니

한 분이 우리 현대소설을 일깨우신

동리東里 김시종金始鍾 선생이시고

한 분이 우리 모국어로 시를 새롭게 빚으신

목월木月 박영종朴泳鍾 선생이시어라

저 일제의 핍박에 맞서 붓을 꺾으셨고

조국광복과 더불어 조선청년문학가협회를 결성

민족문학의 보루를 굳게 지키셨으며

동족상잔의 소용돌이 속에서

겨레의 정신을 바로 세우는

창작의 붓을 갈고 갈았어라

동리는 한국문인협회와 「월간문학」 「한국문학」으로

목월은 한국시인협회와 「심상」으로

문학인들의 권익을 세우고

발표의 광장과 신인 발굴에

혼신의 힘을 쏟아부었어라

이 나라 백두대간 위에 높이 솟은

동리의 소설산맥

목월의 시산맥을 어찌 우리 어린 눈으로

다 우러르리오.

오늘 동리·목월 문학관이 문을 여는 날

계림의 하늘에 눈부시게 솟는 동리무지개

남산의 봉우리에 둥실 뜨는 목월 달무리가

마침내 우리 문학산하를 밝히는

영원한 빛의 길이 되고 있어라.

2006. 4. 21. 「동리·목월문학관」 개관 기념시

당신은 어찌나 오시랴십니까

다시 오월입니다
이 나라 시의 큰 스승 정지용 선생
오동나무꽃으로 불 밝힌
청사초롱의 산과 물 찾아
첫울음 터뜨리시던
그 5월 15일 「스승의 날」
오신지 백 년이 넘어
한 살로 다시 태어나시는
오월 소식의 반가운 달입니다

오랜 기다림이었습니다
내 어머니의 나라 말씀 일깨워
갇힌 어둠 속에서
겨레의 얼, 혼불로 밝혀 들었고
먼 할아버지 적부터 물려받은
금수강산 되찾을 날 기다려
참하 꿈엔들 잊힐리야
낱낱이 이 땅의 노래 심으시더니

조국광복의 기쁨은 반짝 걷히고
한 핏줄 겨레 나뉘어 싸우던
전쟁의 소용돌이 속에서 소식 끊긴 지
오늘토록 쉰세 해,
그 기다림 몰라라 하시더니
당신은 어찌나 오시랴십니까

당신께서 오신다니
백두대간 잘린 허리 이어지고
금강산도 대동강도 길을 활짝 열었습니다
이 겨레 함께 받들어 모시는
스승의 달, 스승의 날에 오시는 길을
어느 누가 막을 수 있겠습니까
백록담, 비로봉, 옥류동, 진달래,
호랑나비, 종달새……
산엣색시, 들녘사내 모두 달려 나와
당신 마중, 시의 잔치를 하고 있습니다.

스승이시여!

모국어의 은인이시여!

이제 우리 앞에 오시거든

더 큰 말씀으로

더 뜨거운 노래로

이 나라 산천을 울려주소서

시로 뻗어가는 나라

시로 일어서는 겨레

하나 되는 시의 강물 넘치게 하소서

오월 소식으로 돌아오소서.

2003. 5. 17. <2003년 5월의 문화인물 정지용 시인 기념 헌시>,
제16회 지용제 낭송

미당경전未堂經典

— 미당未堂 선생 영전에

하늘도 가장 높은 하늘에서
솜씨 좋은 선녀들이 짜 내린 무명필이
이 땅의 슬픔이며 부끄러움을 덮어 축복을 내리던 날
미당 선생님.
그 흰 무명옷 새로 갈아입으시고
오래오래 내다보시고 닦아두셨던
햇빛 맑은, 바람 맑은 <내 영원>의 길을 떠나셨습니다
지상에는 일제히 광명이 사라지고
어둠으로 가득 차올랐지만
저 하늘밖에는 꽃밭이기라도 한 듯
숨어있던 별들이 쏟아져 나와
선생님 가시는 길을 쓸어드리고
억조 촉광의 빛을 내뿜고 있었습니다
이는 모두 저것들만의 생각이나 몸짓이 아니요
선생님이 평생토록 한 편 한 편 쌓아 올리셨던
이 나라 모국어의 금자탑 속에서
빚어지고, 싹이 트고, 날개가 돋아서
때를 맞춰 제 할 일을 하는 것입니다

몇 천 년 전부터 내려온 뜬소문은
천지간에 시의 귀신이라는 것이 있어서
어떤 것은 거짓 흉내를 내기도 한다는 것인데
또 다른 소문은
서양의 어떤 귀신이나 동양의 어떤 귀신도
미당 선생님의 시 앞에서는
오금도 못 편다고 떠들고들 있었던 것인데
[나 잠깐 다녀오마]가 아니시고
[나 아주 살러 가는 것이다] 하시며
자리에서 일어나실 때
저희들은 보았습니다
시를 잘 쓴다는 귀신들이 다투어
무릎을 꿇고, 합장을 하고, 절을 하는 것을
그렇습니다
누가 함부로 선생님과 시를 다투겠습니까
선생님은 시로 가지실 것을 다 가지셨습니다
힘깨나 쓴다는 핵무기도, 외세의 침탈도
또한 이러저러한 지난 시대의 들머리들도

모두 줄행랑치고 보이지 않습니다

저희는 맨 처음 선생님의 시편들로 눈을 뜨려고 했으며

마지막까지 손에 들고도

이루 다 뜻을 못 헤아리고

가슴만 치다 말 것이 선생님의 시편들입니다

「미당경전未堂經典」

저는 선생님의 시편들을 이렇게 부릅니다

그 글 속에는 어찌 시뿐이겠습니까

웃는 법, 우는 법, 사랑하는 법, 용서하는 법

사는 법, 죽는 법이 낱낱이 들어있습니다

시의 만세萬歲 스승이신 미당 선생님

울며 따르는 저희들 돌아보지 마시고

이름 외우시던 천 육백 스물다섯의 산

아니 더 높고 더 넓은 하늘의 산들

모두 오르시어

해의 길, 달의 길, 별의 길 새롭게 열으소서

산들보다 높은 시의 산봉우리

하늘 위에 한 채 소슬하게 지으소서

문생門生 이근배李根培 곡만哭輓 2001. 1. 현대시학

삼행시三行詩로 올립니다

- 초정 김상옥 선생님 영전에

천년 솟구쳐온 이 나라 시의 가람
백자달 둥실 떠서 모국어를 깨우시더니
홀연히 풀피리 불며 하늘길로 오르시네.

가파른 어둠의 세월 홀로 딛고 일어서서
꺼져가는 겨레시에 심지를 돋우셨네
삼행시 높은 금자탑 우러르기 눈부십니다.

시조 한 가락이 산과 물을 울리시고
붓을 들면 글씨 그림 묵향 멀리 퍼졌어라
마지막 시·서·화 삼절三絶 누가 다시 이으리까

눈으로는 다 못 보는 청자 백자 신의 솜씨
품에 안아 사랑 주고 큰 뜻을 헤아리어
마침내 빚고 구운 노래 청백자가 따르리까

시대를 꾸짖는 서릿발 선비정신
대나무 푸른 향기 외로 서서 지키셨네
아자창亞字窓 지새는 불빛 길이 산천을 밝힙니다.

2004. 11. 3. 영결식에서

130

독립선언서

산들이 내려온다
만세 소리 다시 들으려
물들이 일어선다
손에 손에 기를 흔들고
불길은 꺼지지 않는다
산도 물도 타오른다.

보라, 가는 행렬
저 흰옷의 사람들
가슴엔 해보다 큰
불덩이를 안고 있다
목숨은 하나뿐인데
나라 목숨에 올린다.

그날 겨레 얼은
살아 저리 푸르른데
어둠만 흩고 있는
청맹과니들의 놀이

이 아침 눈을 뜨거라,
새 하늘을 보아라.

쓰라 다시 쓰라
육천만의 독립선언
온몸으로 녹아들어
한 나라로 우뚝 서라
온전한 자유며 평화
나라 함께 꽃피거라.

1987. 2. 28. 「중앙일보」 3·1절 기념시

열린 가슴이여 하나 된 붓이여

하늘도 목청을 열었다

이 나라 말과 글을 갈고 다듬어
붓 한 자루로 씨 뿌리고
꽃피우고 열매를 거두는 이들이 모여
토함산 기슭 신라의 옛 서울에서
동해 일출의 눈부신 아침을 맞는다

어디 닫힌 가슴이 있었더냐
누가 말문을 막아
붓대를 꺾는 아픔이 있었더냐
저기 산과 산, 봉우리와 봉우리가
골짜기를 건너 이마를 맞대고
여기 강과 강, 바다와 바다가
둑을 허물고 하나로 흐르고 있느니

하늘도 그 푸르름의 끝에서
목이 타는 대지를 흠뻑 적셔줄

빗줄기를 내려 줄 것이고
한라의 백록담에서 솟은 무지개가
백두의 천지에 꽂혀
빛의 기둥을 세우리라

이제 하나 된 붓은
7천만 겨레의 머리와 가슴이 되고
어둠과 철조망이 걷힌
이 땅 가득히 꽃을 피우리라
참았던 설움 모두 터뜨려
기쁜 날을 노래하리라
끝없는 노래로 이어가리라

1994. 7. 26.「한국일보」전국문학인대회「문인만세」기념시

아 숭례문

하늘이었다.

저 조선왕조 6백 년의 장엄한 솟을대문 아니 이 나라 5천
년 역사의 수문장으로 우러러도 우러러도 다 우러를 수 없는
하늘이었다. 하늘보다 더 높은 다락이었다.

새 역사의 궁궐을 짓자

억만년 무궁토록 흔들리지도 무너지지도 않을

사직의 보루를 짓자

태조대왕 이성계, 그 혁명, 그 개국이 창건한

정치의 경제의 군사의 문화의 금자탑이었다

백두대간의 바람과 햇빛, 물과 흙을 먹고 자란

오랜 비바람 눈보라도 뿌리치고 늠름하게 뻗쳐오른 조선 소
나무들이 뽑혀 올려와

나무면 나무, 돌이면 돌, 기와면 기와, 단청이면 단청

신의 솜씨를 자랑하는 잘난 명장들

어영차! 어영차! 신명나게 집을 지었구나

비로소 해보다 더 밝은 나라의 얼굴이 솟아올랐구나

보아라, 백성들아,

동방의 으뜸인 예의를 받드는 겨레

그 뜻을 담은 崇禮門 세 글자는 왕손 양령이 쓰거라

백성들 마음속에 자리 잡아 육백 년토록 나날이 새 빛 새 말씀으로 지켜오더니 부릅뜬 위엄에 외적들도 털끝 하나 건드리지 못하더니

전란의 불세례도 비켜가더니

이 무슨 마른하늘의 날벼락이냐

숭례문이 타고 있다 역사가 불길에 휩싸인다

아니 나라가 타고 있다

이 겨레 떠받치며 살아온 정신의 기둥이 대들보가 서까래가 지붕이 무너져 내리고 있다.

발을 구르며 땅을 치며 눈물을 쏟으며 우리들은 넋 놓고 보고 있었다.

아무 할 일 없이 바라보고만 있어야 했다.

무자년 설 연휴 마지막 일요일 밤 9시 텔레비전 뉴스를 보면서

나는 무엇을 하고 있었던가

그리고 당신네들, 입으로는 문화를 말하면서 정치를 말하면서 나라 사랑을 말하면서 그래 국보 1호 숭례문, 서울보다 더

서울인 남대문을 잿더미로 만들면서

　백성들 가슴을 온통 숯덩이로 만들면서 세계만방에 어찌 얼

굴을 들겠느냐

　천벌을 내려다오

　우리는 모두 나라를 역사를 문화를 불 지른 방화범이었다.

　아, 숭례문.

　다시 한번 보여다오

　그 넉넉한 가슴, 그 드높은 사랑, 그 우뚝한 기상을

　그리고 세종 임금의 용비어천가를 목을 놓아 불러다오.

　다시 하늘을 차고 오르는 용틀임을 보여다오.

불길에 휩싸이는 국보 1호「숭례문」을 보고
2008, 2, 12「문화일보」

마침내 평창이여
솟아오르는 대~한민국이여

– 2018 평창 동계올림픽을 위한 노래

산이 높아 하늘을 뚫는 도다
물이 깊어 바다를 가르는 도다.
이 겨레 반만년 가꿔온 보금자리
금수강산이 더욱 눈부시도다
세계가 하나 되어 손뼉 치는
평창! 2018년 동계올림픽의
장엄한 서곡이 지구촌에 울려 퍼지도다.

보라
비바람 눈보라 이기고 달려온
백두대간의 늠름한 기상
역사의 거센 물결 헤쳐 온
배달겨레의 혼불이 타오르고 있어라
서울올림픽으로 동서의 벽을 허물고
태극의 햇덩이를 지구촌 하늘에 띄웠더니
한일 월드컵 4강의 신화를 이룩한 위에
마침내 평창올림픽의 축제 한마당이
지징징 자유와 평화와 꿈의

찬란한 무지개를 피워 올리는구나.

오라!
불타는 심장, 태양 같은 눈을 밝히고
눈밭을 사슴처럼 달리며
얼음 위를 학처럼 날고
표범처럼 뛰는
세계의 젊은이들이여
아니 겨울연가를 목메어 부르는
지구촌의 한 가족이여!

꽃 피는 봄, 새 우는 여름, 잎 지는 가을
눈 내리는 겨울
금수강산의 사시사철은
하늘 아래 펼쳐진 낙원이거니
모두 한걸음에 달려와서
오랜 역사 더불어 황금빛 문화 더불어
슬기롭고 활달한 대한민국을

손잡고 부둥켜 얼싸안고 뒹굴어 보아라.

오, 산과 산이 어깨를 겨루고
물과 물이 가슴을 맞대는 도다
70억 인류를 품에 안는
평창 동계올림픽!
7천만이 하나 되어
통일의 새날을 맞는 평창 동계올림픽!
인류의 미래 대~한민국이
평창의 무동을 타고
두둥실 솟아오르는 도다
위대한 승리, 장엄한 날개를 펴고
지구촌 하늘 높이 솟아오르는 도다.

2008, 2, 9

모국어에 바친다

― 한국시인협회 창립 50주년에 붙여

높아만 가는 산이 있다
깊어만 가는 강이 있다
역사와 더불어 겨레와 더불어
함께 웃고 함께 울며 보듬고 살아온
우리의 얼이요, 살이요, 피인 나랏말씀
세계 수많은 언어가운데서도
가장 아름답고 가장 슬기롭고
가장 자유롭고 가장 평화로운
으뜸의 말씀, 어머니 나라의 말씀이 있다.

말씀은 노래였느니라
말씀은 사랑이었느니라
해와 달, 하늘과 바다, 산과 강, 들녘과 언덕
나무와 풀, 꽃과 새, 바람과 구름…….
농사와 고기잡이, 태어남과 죽음
사람의 생각이 미치는 우주의 모든 것
낱낱이 밝혀 읊어왔느니라.

겨울 가면 봄이 오고 여름가면 가을 오는
사시사철 맑은 날 흐린 날 없이
해가 뜨나 달이 뜨나
좋은 일 궂은 일 없이
먼 먼 할아버지 적부터 너나없이
그리 오래 말씀의 씨앗 노래의 씨앗
뿌리고 가꾸며 갈아왔어라.

시로 해가 뜨고 달이 지는 나라
하늘의 별만큼 헤아릴 수 없이
이 땅은 시인들의 낙원이더니
지난 한 세기에 들어서면서
나라 잃고 말씀과 글마저 빼앗길 때
우리 시의 일꾼들은 눈 부릅뜨고 일어나
모국어의 텃밭 일구어
산천 가득 시의 꽃을 피웠어라.

마침내 나라 되찾아

진정한 모국어의 새날을 맞는가했더니
분단에 이어 찾아온 한 핏줄의 전쟁
그 혹독한 시련을 다시 딛고 넘어서서
비로소 들어 올린 한국시인협회의 깃발
시인공화국의 아침이 오고
모국어의 불길은 타올랐어라
하늘로 하늘로 치솟았어라
땅으로 땅으로 넘쳐났어라.

이제 반세기 눈보라 멀리 보내고
오늘 우리는 눈부신 햇빛 속에서
산보다 더 높아가고
강보다 더 깊어가는
모국어의 새아침을 노래한다
겨레를 넘어 영원토록
인류의 가슴을 뜨겁게 달구는
시의 활화산을 뿜어 올린다.

「한국시인협회50년사」 2007, 8, 8

하늘의 토지에서 더 높은 산 지으소서

― 故 박경리 선생 영전에

땅이 하늘인 나라입니다

땅이 역사이고 땅이 겨레인 나라입니다

산 높고 물 맑으며

풀과 나무, 꽃과 새, 물고기와 뭇짐승 더불어

사람이 흙을 일구며 살아온

참으로 아름답고 참으로 사랑스러운 나라입니다

박경리 선생님

선생님은 나라 잃고

말과 글도 빼앗기던 일제 강점기에

붓 한 자루 들고 이 땅에 오셨습니다

사나운 비바람 눈보라 속에서도

한 핏줄 형제가 쏟아내는 포화 속에서도

오직 겨레의 삶을 바르게 가꾸고

정신을 깨우는 논밭을 일구셨습니다

선생님의 붓은 시대를 경작하는

쟁기요 삽이요 호미였고

사람이 사는 길을 가리키는

지도였고 나침반이었습니다

선생님은 한 분의 문학인을 넘어

누천년 역사 속에서

아니 더 먼 후대에까지

인류가 우러러야 할 백세의 스승이십니다

장편소설로 한국문학의 새 경지를 개척한

「김약국의 딸들」「시장과 전장」 등

손수 씨 뿌리고 꽃피우고 열매 거두신

문학의 대 산맥을 어찌 다 짚어보겠으며

누가 그 봉우리 하나인들 오를 수 있겠습니까

저, 글쓰기는커녕 숨쉬기도 가빴던

1969년부터 1994년까지

4반세기의 긴 시간을 수인처럼 스스로 갇혀서

피 같은 먹물을 찍어 써내신 1천만 글자의

「토지」 5부작은 민족사의 대서사시이며

인류가 일찍이 읽지 못한

소설 문학의 대 경전입니다

그렇습니다

「토지」 는 우리 역사이고 산하이고

겨레이고 생명이고 평화이고
자유이고 희망이고 미래입니다
한 자루의 붓으로 개간하신 그 땅은
오늘뿐 아니라 먼 후대에까지
넉넉하게 배불리 먹을 수 있는
곡식과 과일을 생산해 갈 것입니다
박경리 선생님!
선생님은 어머니이십니다
흙의 어머니이시고 물과 나무와
새와 물고기와 짐승들의 어머니이시고
세상 사람들의 어머니이시고
소설의 어머니이시고
문학의 어머니이십니다
썩어가는 햇빛과 바람
흙과 물을 누구보다 먼저 걱정하시며
그것들에게 생명을 되찾아주는
그래서 사람이 잘 살 수 있는
환경과 생명운동에도 앞장서시었습니다

문학인들의 글방이고 쉼터인

토지문학관 앞뜰은

주름진 손으로 흙을 다독이고

푸성귀와 곡식을 가꾸시던 텃밭이었습니다

선생님은 시대가 쏟아붓는

노여움도 아픔도 한도

스스로 드넓은 토지의 품으로 안아주셨습니다

마지막으로 붓을 잡으신

시「옛날의 그 집」 있었다는

늑대, 여우, 까치독사, 하이에나가

무엇을 가리키는지 저희들은 알고 있습니다

"버리고 갈 것만 남아서 참 홀가분하다"는

그 말씀이 천둥소리만큼이나

크게 가슴을 때리고 있습니다

얼마나 쓰리고 아픈 세월이면

"아아 편안하다"는 한 마디를 남기셨겠습니까

선생님이 편안한 길이라 떠나시니

달려오던 산이 돌아서고

뻗어가던 강이 걸음을 멈춥니다
산이 있던 자리 강이 흐르던 땅이
오늘 적막강산으로 울고 있습니다
박경리 선생님!
이제 오르시는 새 하늘 새 땅에서도
더 큰 붓으로 더 높은 산 깊은 강 지으시어
따르는 이들의 빈 가슴 채워주소서
부디 사랑의 손길 한 번 더 잡아주소서.

2008, 5, 8 "영결식에서 낭독"

4

더 높은 삼천대천세계三千大千世界에 오르시어
불멸不滅의 금자탑金字塔 지으소서

— 대한불교조계종기본선원 조실 설악당 무산霧山
조오현曺五鉉 대종사 열반에 올리는 게송偈頌

하늘이 흐립니다.

일월日月이 눈을 감고

이 나라 일천육백 년 불국토佛國土를 밝혀오던

원광圓光이 꺼지고 있습니다.

국사國師이신 큰스님께서 열반하심에

설악 동해가 백두대간을 두 손에 받쳐 들고

백팔 배百八拜를 올리며 통곡으로

무산 큰스님의 열반송涅槃頌을 염송念誦하고 있습니다.

그렇습니다.

무산 큰스님은 이 나라 불교사와 현대문학사에

돈오점수頓悟漸修를 이루신 다만 한 분의 크고 높으신

대종사大宗師가 아니옵고

누천년 조계법맥曺溪法脈을 일으켜 세우신 대종大宗이시며

민족의 정체성 담아낸

겨레시 시조를 창작으로 원력으로 중흥시킨

그대로 한국시조문학사이십니다.

대종사께서는 저 엄혹한 항일기抗日期에 태어나시어

부처님의 점지로 어린 나이에 입산득도入山得度하시고

장경藏經을 모두 독파讀破하시니

수행정진修行精進하시매 대오온축大悟蘊蓄이

산을 짓고 바다를 이루었습니다.

한편으로 대종사께서는

저 원효元曉로부터 내려오는

불사상佛思想을 불립문자不立文字로 갈파喝破하시니

지눌知訥 나옹懶翁을 잇는

선시禪詩를 현대시로 개창하시고

바로 만해萬海, 가람, 노산鷺山의 시적 승화를 뛰어넘는

새 경지를 창조하셨습니다.

올해는 시수詩壽 반백 년을 맞는 해이요,

첫 사화집『심우도尋牛圖』를 상재上梓 하신지

마흔 해가 되옵니다.

그 첫 사화집을 제 손으로 꾸며드릴 때

참으로 외람되게도

제게 발문을 쓰라는 말씀을 거역하지 못하고

몇 자 올렸사온데

까막눈인 제가 읽기에도 우리 문학사의

'하나의 경이驚異'요 '희대稀代의 광석'이라 바쳤었지요.

돌이켜보니 『심우도』는 이 땅의 자유시, 시조를 통틀어

하나의 개벽開闢이었고 신천지였습니다.

이 위에 만해萬海께서 백담사에서

「님의 침묵」을 지으신 법연을 떠받들어

만해기념관, 만해축전, 만해대상, 만해마을 등

대불사를 잇달아 일으키시고

≪유심≫을 문학지로 복간하셨으며

현대불교문학상, 유심상, 한국시조대상 등을 제정

후학들의 창작 지원 등

오늘의 문학 불꽃을 피우는데

손수 기름이 되셨습니다.

아아, 무량한 사랑이옵시고 백세百世의 스승이신 무산 큰 스님!

바로 여드레 전 초파일 아침 큰절 드릴 때

손잡아 주시며 "사천 이것이 마지막이구나"

그 말씀은 어찌 아니하셨습니까?

한 번만 더 존안을 뵈옵고

손 한 번 더 잡아보고 싶습니다.

이제 어느 누가 계시어

제게 '현대시조백년제'를 맡겨 주시고

'한국대표명시선100권'을 펴내게 해 주시고

만해대상 문학상, 유심상, 현대불교문학상, 한국시조대상을

내리시겠습니까.

이 티끌세상 홀로 짐 지셨던

번뇌를 모두 사르시고

이제 큰 스님이 떠나신 이 천지 적막을

어느 누가 깨치겠으며

동안거冬安居 하안거夏安居 법회 때

사자좌獅子座에서 주장자拄杖子를 치시던

그 높은 법문 그 천둥 같은 사자후獅子吼를

어디서 다시 들을 수 있겠습니까.

글자 하나에 우주를 담아내는 시법詩法을 일러주시고

저희 후학들의 글쓰기의 길을 깨우쳐주신

백세百世의 스승이시며 어버이시며

친구이시며 연인戀人이셨던

오직 한 분! 무산 큰 스님!

사랑하고 사랑했습니다. 행복하고 행복했습니다.

너무너무 은혜로웠습니다.

부디 저 높디높은 삼천대천세계에 오르시어

인류의 평화 겨레의 홍복을 만대에 누리도록 발원하는

가피加被의 사리탑을 지으소서.

못 다 문자로 남기신 오도송悟道頌을 불멸의 금자탑金字塔으로

올리소서.

　왕생회향往生廻向하소서

불기 이천오백육십이 년 오월 삼십일
영결식에서 낭독

일어서는 산맥이여 새로 뜨는 아침 해여

— 한국일보 창간 50주년에 붙여

내 나라의 하늘을 떠받치며
높고 푸른 산이 하나 솟아오르고 있었다
눈부시게 밝은 햇살을 머금고
이 겨레의 아침을 열고 있었다
1954년 6월 9일
저 어둠에 갇힌 세월과
동족상쟁의 피비린 잿더미를 딛고
우렁찬 새 역사를 쓰기 위해
세상을 깨우는 붓을 일으켜
마침내 「한국일보」가 태어나고 있었다.

참으로 오랜 기다림이었다
가뭄에 타는 가슴을 적셔주는
다디달게 솟구치는 샘물이었다
구부러진 역사 다시 펴고
헝클어진 겨레의 마음 어루만지는
새 「한국일보」의 얼굴은 푸르름이 넘쳐흘렀다

썩은 정치에는 칼을 대고
보릿고개의 허리띠를 풀어주며
빛나는 문화민족의 혼불을 드높여
더불어 고르게 잘사는 나라
자유와 민주와 평화가 꽃피는 나라
분단과 갈등의 벽을 허물고
한겨레 뭉쳐서 지구촌에 우뚝 서는 나라
그 희망의 봉우리를 향하여
「한국일보」의 윤전기는 돌아가고 있었다
그렇다 「한국일보」는
우리의 새벽을 깨워주었고
행복한 아침 식탁을 꾸며주었고
농촌에서 도시에서 전선에서
학교에서 직장에서 가정에서
흙 묻은 손을 씻어주고
얼굴의 기름때를 벗겨주며
철조망의 바람 소리를 잠재우는
반가운 손님, 정다운 친구였다

세계의 창을 열고
쏟아져 들어오는 첨단문명과
우주를 넘나드는 과학을 캐내며
문화 창조의 심지에 불을 밝혔다
독재를 쓰러뜨린 4·19로부터
민주주의의 탑을 한 층 한 층높이고
서울올림픽, 월드컵 4강
IT 강국으로 세계의 열강들과
어깨를 비비며 나서기까지
당당한 「한국」을 국민 함께 키워왔다.

돌아가자
숨 가쁘게 달려온 반세기를 거슬러
우리가 기름과 땀으로 쌓아 올린
은하의 별보다 많은 활자의
부릅뜬 눈망울을 되새기며
불도저같이 25시를 온몸으로 뛰는

장기영 사주의 창업정신으로 돌아가자
하여, 다시 반백 년 아니 반 천년의
위대한 「한국」을 세우는 붓을 갈자

한국일보는 우리들의 미래이다
번영이다. 통일이다.
영원히 뻗어 나가는 산맥이다.
우리 심장에 새 기름을 치자
어둠을 박차고 새벽을 울리는
종소리가 되어 달려나가자
산과 물을 맑게 씻기우고
겨레의 가슴마다에 꿈을 꽃피우는
금빛 아침 해로 떠오르자
더 높이 하늘로 솟아오르자.

2004, 6, 9 「한국일보」

초서경전草書經典

— 국보 제76호 · 이충무공난중일기부서간첩임진장초

우러러 하늘이요
가슴에 안아 땅이요
바라보아 바다입니다
그렇습니다.
하늘이요 땅이요 바다인
이 나라 역사 오랜 줄기에
우뚝 솟아오른 대 장엄을
이 겨레 천세 만세토록
엎드려 새겨 읽습니다.
저 바다 건너 벌거숭이 섬나라의
헐벗고 굶주리던 왜적의 무리
누천년 먹을 것 입을 것 물려주고
말과 글 가르친 은혜 저버리고
도둑질과 약탈이 끊이지 않더니
조선 선조 25년 4월 열나흘
수백 척의 배에 15만 군졸을 이끌고 쳐들어와
사직의 안위 걷잡을 수 없이 무너져 내릴 때
이 어찌 하늘의 보살핌이 아니었으리까

왜적의 침략을 미리 알고
바다의 싸움에 필승의 전략을 세우신
세계 해전사의 가장 위대한 명장 이순신 장군이
전라좌도 수군절도사로 오셨으니,
옥포에서 적진포에서 사천에서 당포에서
율포에서 한산도에서 안골포에서
부산포에서 명량에서 노량에서
철갑 거북선을 지어 불을 뿜고 내달려
장군이 나아가는 곳마다 1척당 백 1척당 천
도적의 무리들을 남해바다에 빠뜨려
물고기의 밥이 되게 하였습니다.
대승전의 높은 공훈이 오히려 모함으로
죽음에 직면하고서도
―아직도 12척이 남았어라
백의종군으로 저 임진, 정유재란의
참으로 위태로웠던 나라를 구하고
겨레를 살려낸
인류사에 두 번 찾아볼 수 없는

이순신 성웅의 위대한 승리를
어느 누가 말씀으로 아뢰겠으며
글로 적을 수 있어오리까
더욱 불과 물, 활과 창, 칼과 칼이
빗발치며 부딪치는 싸움터에서
눈 붙일 틈도 없겠거늘
선조 25년 5월부터 순국 전사하는 그날까지
붓을 들어「난중일기」를 쓰셨습니다.
어찌 먹물을 찍어 쓴 것이오리까
한 획 한 글자에 들어있는
펄펄 끓는 나라 사랑이며
애끓는 슬픔이며 아픔이며
살이며 피며 뼈가 녹아있는 것을.
흘림체의 글자를 알아볼 수 없고
거기 담겨진 뜻을 이루 헤아릴 수 없으나
4백 년 넘으며 더욱 빛을 더하는
인류 전쟁사의 금자탑이며
겨레의 영원한 경전임을

깊이 새기고 있습니다.

해보다 더 밝은 그 구국의 혼불 밝혀

이 겨레 더 큰 나라로 나아갑니다

오늘 남해바다가 일제히 일어서서

난중일기 임진장초를 읽으며

기쁨의 울음을 터뜨리고 있습니다.

2009, 11, 25 한국시인협회 「국보사랑」 시집

동리만세東里萬歲

— 동리 김시종金始鍾 선생 탄신 100주년에 올리는 글

우주의 한가운데 떠 있던 별 하나가

땅에 내려와 사람으로 태어날 곳을 찾더니

토함산 석굴암 대불이 동녘 바다 해돋이 받아 세상의 빛을

밝히고

감은사 만파식적 백성들의 번뇌를 잠재우는

이 나라 천년의 옛 서울 서라벌에 첫울음을 터뜨리시니

꺼저가는 겨레의 혼불 다시 일으키고

인류 으뜸의 나랏말씀과 글자를 높이 새겨

시대를 넘어 오랜 역사에 길이 받드는

세계의 문호들과 어깨를 겨루는

문장의 대현으로 오신 것이

올해로 백 년을 맞았습니다.

저 사직 무너지고 겨레의 말과 글이 묶일 때

하늘이 내린 재덕과 남다른 공부로

시, 극시, 소설, 평론을 써내어

한국문학의 새벽을 열었고

일찍이 미당 등과 교류하며

모국어 문학의 르네상스를 앞장서 이룩하였습니다.

「무녀도」「사반의 십자가」「등신불」 등은

비로소 한국소설을 완성시켰으며
이데올로기를 넘어서는 인간주의 민족문학으로
한국문학의 이정표를 바로 세웠습니다.
광복 직후 조선청년문학가협회를 주도하고
「월간문학」「한국문학」의 창간은 문학지 불모지의 토양에서
6·70년대 문학을 활짝 꽃피웠습니다.
서라벌예술대학 문예창작과에서 중앙대로 이어지는
선생의 문하에서 글쓰기를 공부한 제자들이
오늘 이 나라 문학의 중심에 자리 잡고 있는 것도
모두 선생의 가르침이었습니다.
큰 스승 동리 선생님!
선생님이 산이시라면 어느 산에 빗댈 수 있으며
강이시라면 어느 강에 견줄 수 있겠습니까
저의 어린 눈으로는
하도 높고 하도 깊어서 헤아릴 길이 없습니다.
제자들 가운데도 보잘것없는 제게
어렵게 창간하신 「한국문학」을 물려주셨고
지선之善이란 이름도 지어주셨습니다.
제가 「민족문학」을 창간할 때도

시 열 편을 한목에 주시어
권두를 우람하게 꾸미도록 하였습니다.
그것이 선생님 글의 마지막 활자화가 될 것을
어찌 알았겠습니까
선생님이 떠나신 그 자리는
너무 공허하고 적막합니다.
동리문학관이 서고 동리문학상이 제정되어
그래도 마음 붙일 곳이 있다 하나
아아, 우주의 큰 별로 돌아가셨어도
남기신 글로 말씀으로 사랑으로
저희들의 갈 길을 비추어주시고
겨레의 먼 앞날까지도
밝혀주시는 선생님
선생님을 그리는 사모의 정은
세월 더불어 쌓여만 가고 있습니다.
이 나라 정신사의 백세百世의 스승
아니 천세만세千世萬世의 스승
동리 선생님 우러러 길이길이 따르옵니다.

2013, 6, 17 <산소에서 낭독>

더 높은 하늘의 종 울리소서

— 고 김병관 동아일보 회장 영전에

하늘이 흐립니다
삼각산 위로 얼굴을 내밀던 해가
세종로를 향해 머리를 숙입니다.
내 나라의 서울 한복판에
우뚝 솟아 겨레를 깨우던 종탑
「동아일보」가 울리던 종소리가
오늘따라 목이 쉬어 우는 까닭을
알고 있기 때문이겠지요.
그렇습니다
저 최루탄과 돌멩이가
거리를 휩쓸던 1987년
김병관 회장님은
동아일보 발행인으로 위험을 무릅쓰고
박종철 군의 죽음의 진실을 알리는
종소리를 나라 안팎에 울렸지요.
그 종소리는 일파만파로 뻗어 나가
이 나라 민주화의 새벽을 맞았었지요.
그것은 1936년 베를린 마라톤에서

손기정 선수가 우승했을 때

겨레의 가슴에 일장기를 지운 것만큼

아니 그보다 더 크게 역사를 바로잡은

김병관 회장님의 결단이었지요.

그로부터 스무 해 넘게

동아일보 사장으로, 회장으로

한국신문협회 회장 등을 맡아 오시면서

언론의 눈과 귀를 가리고 입을 틀어막던

매서운 권력의 사슬을 푸느라

내 한 몸 돌보지 않고 앞장서 싸우셨지요.

남측 언론인으로서는 최초로

공식초청을 받아 기자단을 이끌고

평양에 가서 남북교류의 물꼬를 트셨고

전통문화에 대한 남다른 사랑도 쏟으셨지요.

세계 굴지의 언론사들과 손잡고

인류평화와 복지 그리고 한반도 통일을 향한

바쁜 걸음으로 비바람을 헤쳐 오셨습니다.

김병관 회장님의 크신 발자취를

어찌 이루 다 헤아리겠습니까.

인촌 김성수 선생의 창간 정신인

민족중흥, 문화 창달, 인재육성의 계승을 위해

명문사학재단인 고려중앙학원 이사장으로

동아일보와 함께 세계 속의 한국을

가꾸고 북돋아 오셨으며

첨단 뉴미디어 시대를 이끌고

'열린 신문' '정직한 신문'으로

이 나라 언론사의 한 획을 그으셨습니다.

그리고 오늘 동아일보 창간 여든여덟 해의

종을 울리던 손을 놓고 떠나셨습니다.

모진 폭풍우 속에서도 크고 밝은 소리를 내던

그 종소리가 오늘은 귀가 멀었습니다.

그러나 이 땅의 사람들은 두고두고

회장님이 울리시던 그 종소리를

아니 「동아일보」의 이름으로 더 높은 하늘에서

회장님이 울리실 종소리를 들을 것입니다.

그토록 애타게 기다리시던 통일 한국도

이제 새로 열리는 하늘과 함께
숨 가쁘게 달려오겠지요.
부디 평화로운 새날을 맞으시어
더 높은 종소리 울리소서.
더 맑은 종소리 울리소서.

2008년 2월 28일 「동아일보」

더 높이 타올라라 겨레의 혼불이여

― 매헌 윤봉길 의사 탄신 100주년에 붙여

비바람 몰아치는 깊은 어둠이었어라
해와 달 밝히던 이 나라 사직
힘없이 기울어가던 100년 전 오늘
예부터 이름 높은 충절의 땅
충남 예산군 덕산면 시량리
파평 윤씨댁 안채에서
산을 깨우고 물을 흔드는
아기의 울음소리 울려 퍼졌어라
아버지 황璜 공과 어머니 경주 김씨 사이에
태어난 울음소리 크던 옥동자
훗날 바로 이 나라의 자랑스러운 아들이요
아버지요 구국의 은인이요
겨레의 길을 밝히신 만세의 스승이신
매헌 윤봉길 의사이었어라
어려서부터 남다른 총명과 기품을 보이더니
글자 하나를 가르치면 열을 깨치고
한 말씀을 들으면 백을 옮기었어라
그러나 이 어이 짓궂은 세월이리오

두 살 때 바다 건너 도적 떼들 몰려와

나라 빼앗기고 겨레마저 짓밟히고 있으니

글을 배워도 쓸 곳이 없고

농사를 지어도 배불리 먹을 수 없었어라

글공부하던 서숙을 뛰쳐나와

농촌계몽, 독서회 운동을 벌이고

「농민독본」을 손수 지어

자라나는 세대들에게 꿈과 용기를 심어 주셨어라

아니다, 이것만으로는 나라를 찾을 수 없다

스물두 살 매헌은 마침내 일어섰어라

"사내장부가 큰일을 하러 집을 떠나서

어찌 살아서 돌아오겠느냐"

만주, 다롄[大蓮], 칭다오[靑島]를 거쳐

대한민국 임시정부가 있는 상해로 달려갔어라

백범 김구 선생을 뵈옵고 한인애국단에 입단

왜군들이 천장절天長節에 맞춰

상해전승축하를 하는 행사에서

적군의 수뇌들을 몰살시킬 임무를 받고 기뻐하셨어라

오오 그날 1932년 4월 29일

상해 홍구공원에서 하늘도 땅도 흔들던

매헌 윤봉길 의사가 터뜨린 천둥소리

그것은 내 나라를 빼앗고 내 겨레를 종으로 삼으려던

일본 제국주의의 머리 위에 내려진 천벌이었어라

쓰러진 것은 시라카와 대장을 비롯한

왜군의 수뇌들이었지만

오랜 역사의 내 조국을 침탈해온

왜국의 죄악에 대한 응징이었어라

매헌 의사가 던진 물통폭탄 하나로

우리는 패자가 아닌 영원한 승자가 되었고

매헌 의사가 바친 목숨 하나로

세계만방에 겨레 혼불 높이 밝혔었고

우리의 100년 역사는 굴욕이 아닌

자랑스러운 100년을 들어 올렸어라

겨레의 큰 스승 매헌 선생이시여!

오늘 선생의 제단에 엎드려 바라옵나니

허리 잘린 나라 하나 되고

갈라진 형제 한솥밥 먹고 사는

진정한 독립 바로 조국통일을 열어주소서

다시 한번 붓을 들어

이 겨레 갈 길 밝혀주시고

아직도 침략의 발톱 세우는 외적들의

심장에 불벼락을 내려 주소서

매헌 선생이 올리신 겨레의 혼불

길이길이 받들고

인류 앞에 자랑스러운 조국의 이름

높이 높이 올리게 해주소서.

2008, 6, 21 <탄신 100주년 기념식에서 낭독>

오소서 하늘붓 들고 오시어
이 땅 가득 채우소서
─ 추사 김정희 선생 동상 제막식에 올리는 글

하늘 더 높고 푸른 이 나라의 가을입니다

슬기로운 이 겨레 반만년 빚어온

문화예술의 향기 더욱 눈부시게 빛을 뿜는

시월 상달입니다

오늘은 추사 김정희 선생 이 땅에 오신지

이백스물여덟 해

선생이 이룩하신 실사구시 고학의 온축과

중화의 오랜 서예사를 갈아엎는 개벽의 신필

추사체를 따르는 후학들이 뜻을 모아

여기 충청남도 예산군 신암면 용궁리

선생의 선대로부터 지켜온 고택에

존상尊像을 모시는

무차대회無遮大會가 열리는 날입니다

저 제주도 대정

위리안치圍籬安置의 적소謫所에서

제자 우선藕船*의 송백 같은 절의에

화답으로 그린 「세한도」는

시대를 넘고 국경을 넘어

불후의 명작으로

세계예술사에 솟아오르고 있습니다.

친구 권돈인에게 보낸 편지에서

"칠십 년 동안 열 틀의 벼루를 바닥을 내고

천 자루의 붓을 모두 몽당붓을 만들었어도

아직도 편지글 쓰는 법을 익히지 못하였다"는

구절은 천둥벽력처럼

세상 사람들의 머릿속을 깨우치고 있습니다.

코끼리가 강을 건너듯(詩證渡河象)*

우주를 가르는 선생의 시문들과

고니가 하늘을 어루만지듯(書彷摩天鵠)*

만물의 형상을 그려내는 선생의 행예行隸를

어찌 저희 어린 눈과 귀로 헤아리겠습니까.

영정影幀으로 우러러 뵙던 선생이

이제 존상尊像으로 현신現身하시니

선생의 아호처럼 만대를 이어갈

새로 쓰는 가을[秋] 역사[史]가

바로 서는 날이 옵니다.

오소서,

천추千秋의 스승 추사 선생이시여,

구름밭을 벼루로

은한銀漢의 물로 먹을 갈던

하늘붓을 들고 오시어

이 겨레 혼불을 피우시고

이 땅을 가득 채울 영원한 금자탑을 세워주소서.

*) 우선藕船-이상적李尚迪의 호.
*) 시증도하상詩證渡河象, 서방마천곡書仿摩天鵠-추사 선생의 시.

2014, 11 <대정 적거지 동상 제막식에서 낭독>

늘 푸른 사람나무들이여
영원한 빛의 강물이여
—『심훈 기념관』개관에 바치는 노래

해와 달 더불어 더 푸르러가는
이 나라의 산과 들입니다
겨레의 스승 심훈 선생께서
저들에게 빼앗기고 짓밟혀
헐벗고 굶주리며 불모지가 된
우리 금수강산에 붓 한 자루로
한 그루 상록수를 심으신지
어느덧 여든 해가 되었습니다.
눈보라 속에서도 잎이 지지 않고
푸른 숨결 뜨겁게 뿜어내는
나무상록수, 사람상록수들이
오늘 이 나라를 높이 높이 떠받치며
지구촌 곳곳에 그 빛을 드리우고 있습니다.
그렇습니다.
선생께서 당진에 오신 것은
꺼져가는 민족혼에 등불을 밝히고
메말라가는 농촌을 다시 일으키는
붓농사를 짓기 위해 몸을 던지신 것입니다.
조카 심재영의 공동경작회와
최용신의 헌신봉사에서 모티브를 얻어

한국소설문학의 대평원을 붓으로 갈아낸
대작 「상록수」를 완성하셨습니다.
동아일보 창간 15주년 기념공모에
눈부시게 당선!!
신문연재가 시작되자
이 땅의 젊은이들의 가슴에 불꽃을 당겨
나라 찾기, 겨레 살리기, 농촌 일으키기 운동은
산과 강을 태우며 일어났습니다.
그리고 오늘 선생님이 「상록수」를 낳으신
『필경사』 경내에 『심훈 기념관』을 새로 짓고
원고지를 논밭으로 붓을 쟁기로
겨레의 양식, 인류의 먹거리를 거두신
육필, 저서, 유물들을 한자리에 모시고
길이 명작의 산실로 받들게 되었습니다.
먼 후대에까지 빛을 더해갈
늘 푸른 사람나무들이
나라 겨레를 더욱 살찌우는
새 역사의 강물로 넘쳐흐를 것입니다.

2014, 9, 16 <개관식에서 낭독>

마침내 광화문이여
영원한 빛의 마당이여
― 광화문광장 개막에 붙여

1

하늘 더욱 푸르러라
백두대간 뻗어내려 우뚝 세운
삼각산도 더 높아라
천지신명이 빚은 빛의 어머니
이 겨레 낳은 아침 해의 나라에
이 나라 역사 품어 안고 키운
빛의 솟을대문 광화문이 솟아올라라
조선왕조 600년의 서울
천세 만세 넓혀갈 대한민국의 서울
빛의 기둥 빛의 샘물이 넘쳐흐르는
광화문광장이 솟아올라라.

2

거룩한 역사이어라
자랑스러운 겨레이어라
비바람 눈보라 뿌리치고
지구촌 하늘 높이 우뚝 선 이름

대한민국의 서울이어라

세종대왕 오시어 나라 말씀 밝히시고

나라글자 훈민정음 지으시니

그로 더불어 우리 슬기로운 배달겨레

하늘을 훨훨 나는 용이었어라

온 누리를 뛰어넘는 사자였어라

저 임진년 왜적들이 쳐들어와

이 나라 사직 바람 앞의 등불일 때

충무공 이순신 성웅 거북선을 지어

남해바다 깊이 빠뜨려 물리치고

구국의 승전고를 드높이 울렸어라

이 겨레 길이 우러러 받드는 나라님

오늘 여기 광화문광장에 모시었으니

금빛 문화 널리 꽃피우고

장엄한 역사 날로 깊이 융성하리라.

3

오라, 빛의 아들딸들이여

오늘은 빛 맞이하는 날

7천만 하나 되는

통일맞이하는 날

오라 기미년 만세 소리도 오고

광복의 태극 깃발도 오라

명주 무명 삼베 짜는

베틀 소리도 오고 다듬이소리도 오라

후여 후여 들녘에 부르는

풍년가 소리도 오고

등불 밝혀 있는 책 읽는 소리도 오라

오라, 오라, 오라

대한민국의 빛 마당

평화의 빛 자유의 빛이 솟아나는

광화문광장으로 오라

통일의 빛 가슴에 안고 오라

영원한 빛의 시간으로 오라

와서 통일 만세를 부르라

대한민국 만세를 부르라.

2009, 8, 1 <개장 준공식에서 낭독>

인류 역사의 장엄이여
겨레 만대의 스승이시여

― 우당友堂 이회영李會榮 선생 탄신 150주년을 기리며

더 푸르러가는 백두대간의 하늘에
역사 장엄이 타오르고 있습니다.
해보다 밝은 나라 사랑이 있습니다.
만대의 큰 스승 우당 이회영 선생의 가르침이
오늘토록 겨레의 등불로 길을 밝히고 있습니다.
누천년 배달 자손 이어온 이 나라 사직이
폭풍 앞의 촛불처럼 흔들리던
1867년 4월 스무하루
하늘의 부름을 받으셨던가요.
세계 망국사에서도 다시 만나기 어려운
오직 광복과 독립투쟁에
온 생애를 바쳐 한 몸을 불사른
불멸의 충절이 이 땅에 오셨습니다.
그렇습니다.
우당 선생은 고려, 조선조에서
대석학, 명문장, 고관직의
이름난 가문의 후예로 태어나시어
어려서부터 남다른 총명과 지혜로

한학과 국학을 모두 깨치시고

서구의 사상, 정치, 경제, 문화에도

섭렵하셨습니다.

스물한 살 때에는 이미 보전적 제도와

불평등한 인습을 바로잡는 데 앞장서시고

몇만 자 한자 공부의 어려움 때문에

중국인의 문맹을 걱정하는 원세개 총통에게

한글을 가져다 쓰라고 권유했던

호머 헐버트에게 한국 역사를 일러주셨습니다.

1905년 을사늑약 음모의 분쇄를 실패하자

이상재李商在 등과 반대 군중집회를 열고

을사오적의 척결을 도모하기도 하셨습니다.

이어 이동령 등과 최초의 독립운동 단체인

신민회를 발족하고

1907년 고종황제에게 주청

헤이그 만국평화회의에 이상설, 이준 열사를

파견케도 하셨습니다.

아, 아, 어느 시대 어느 민족, 어느 국가에

여섯 형제, 마흔이 넘는 대가족이

대대로 이룬 금당옥지 가재를 팔아

독립자금을 마련하여 조국을 등지고

이국땅으로 망명한 기록이 있었던가요.

1910년 경술국치가 일어난 지 넉 달 뒤의 일이었습니다.

이건영李健榮 선생, 이석영李石榮 선생, 이철영李哲榮 선생

이회영李會榮 선생, 이시영李始榮 선생, 이호영李護榮 선생

한국독립운동사, 한국민족사의 높은 봉우리를 지으신

여섯 분 애국선열을 오늘 이 자리에 함께 모셔봅니다

거칠고 황량한 동토의 만주벌 유하현

붓을 잡던 손으로 삽과 괭이 들고

흙을 일구고 집을 짓는 한편

경학사를 조직하고 신흥무관학교를 세워

독립지도자들을 길러내셨습니다

항일 레지스탕스인 다물단多勿團 조직

상해 노동대학 설립, 상해 임시정부 초대 의정원 의원

김창숙, 신채호 등과 행동하는 자유주의 결성……

우당 이회영 선생님

밤도 낮도 없이 살과 뼈 혼을 바쳐 헌신하신

선생님의 위대한 업적을 어찌 이루 다 헤아리겠습니까.

선생님의 한 생애는 곧 이 나라 독립운동사의

크나큰 한 권의 책입니다

지금 대한민국은 150년 전 그날 못지않게

바다 저쪽과 대륙에서 몰아쳐 오는

태풍의 눈 속에 갇혀 있습니다.

선생님이 계셔야 합니다.

더 거센 혼불 피워 길을 열어주셔야 합니다.

한 핏줄 하나 되는 통일도 이뤄주시고

저의 후손들 길이 누릴

자유, 평화도 지켜주소서

우러러 산천초목 더불어

비원悲願의 향불 올립니다.

2017, 4, 21 <기념식에서 낭독>

시의 나라 동산이여 금자탑이여

― 정지용문학관 개관에 붙여

이제 나라를 되찾았구나

아니 이제 내 나라의 말씀을 되찾았구나

아니 이제 이 겨레 모국어의 은인

정지용 시인이 이 땅에 오셨구나

올해는 광복 60년을 맞는 해

빼앗겼던 조국만이 아니라

나랏말씀, 나랏글을 되찾은 지 예순 해를 기다려

마침내 시인의 고향에

시의 나라동산이 높이 솟아오르고

시의 전당이 금자탑으로 서 있구나

옥천이 어찌 정지용 시인만의 고향이겠느냐

"어릴 때 불던 풀피리 소리" 내고 싶은

이 겨레 함께 "그리던 고향"이고

"얼룩백이 황소며 짚벼개 고이시던 아버지"

"사철 발 벗은 아내"와 "흐릿한 불빛에 도란도란거리던"

우리네 먼 먼 조상들이

가꾸고 살 비비며 살던 고향이다

백 년을 빼고 나면

지용의 나이는 겨우 세 살

오늘 세돌 잔치하는 날

『정지용문학관』 잔치마당에

우리 문학사의 크고 높은 봉우리들

정인보, 김영랑, 박용철…「시문학」 동인들과

박두진, 조지훈, 박목월…「문장」 지에서

뽑아낸 제자들과

김동리, 서정주, 유치환, 이태준, 윤동주…

그리며 따르는 이들

시인의 귀향, 시의 귀향 맞으러 오셨구나

한라산도 '백록담'을 지고 오고

금강산도 '옥류동'을 끌고 왔구나

하늘도 더 높아 반기는 이 '오월 소식'

오늘따라 '향수'의 가락

백두대간 뼛속까지 울려 퍼지고

'산엣색시 들녘사내' 모두 모여
'향수' 한 자락에 목이 젖네

천년토록 마르지 않고 흐르리라
정지용 시의 장강이여
영원히 타오르는 빛이 되리라
시의 나라동산에 높이 솟은
『정지용문학관』의 금자탑이여

2005, 5 4 <개관식에서 낭독>

조국에 바친다

― 육군사관학교 개교 60주년의 새 아침에

새 하늘이 열린다
아침 해 고운 나라의 가장 눈부신
새 역사의 빛기둥이 솟아오른다
백두대간이 거친 숨결로 끓어오른다
너무도 가팔랐던 고난의 60년
내 조국을 심장처럼 부둥켜안고
당당하게 지켜온 승리와 영광의
육군사관학교가 오색 축포를 울리며
장엄한 보루로 떠오르고 있다

보라! 백두 천지에서
묘향, 금강, 설악, 지리, 한라까지
비단결 위에 꽃수 놓은 아름다운 우리 강산
반만년 역사의 눈보라 비바람 물리치고
이 겨레 억세게 가꿔온 보금자리
찬란하게 꽃피운 문화의 터전에
자유와 평화, 번영과 행복이
강물처럼 넘쳐흐르고 있지 않느냐

그렇다.

저 적화야욕의 무리들이 탱크를 앞세워

고이 잠든 내 나라의 산하를 짓밟고 밀려올 때

육사의 계급장을 겨우 가슴에 붙인

꽃다운 청년장교들이 몸을 던져 막았었고

자랑스러운 자유대한의 간성으로

베트남에서 동티모르에서 이라크에서

평화의 십자군으로 용맹을 날려 오고 있다

우리는 흩어진 세 나라를 모아

큰 한 나라를 이룬 화랑의 슬기와 용기를 이어받았고

수, 당의 백만 대군의 피로 대륙을 물들인

을지문덕, 연개소문의 승리를 배웠으며

수백 척 왜선을 노량 앞바다에 빠뜨린

이순신의 불굴의 혼을 한몸에 담았다

누가 함부로 고구려를 훔치려 들고

동해 앞바다를 기웃거리겠느냐

들어라! 대한민국 육군사관학교가 낳은

1만 8천의 금 은빛 계급장들이
이 새 아침 북을 울리며 진군하는
우렁찬 개선의 함성을!

육사의 계급장은 해가 갈수록 더욱 빛난다
국방에서 외교에서 정치에서 경제에서
과학에서 문화에서
아니 지구촌의 곳곳에서 밤도 낮도 없이
하늘의 별보다 더 밝게 빛난다
보무도 당당히 세계열강과 어깨를 겯는
우리 국군의 지휘탑, 육군사관학교
자랑스럽도다
늠름하도다
새 아침의 햇살처럼 반짝이는
두 어깨의 계급장이어!
빛나는 승리의 훈장이어!
더 높이 더 멀리 타올라라
영광된 조국의 평화와 함께

2011, 9 「육사신보」

불멸의 성좌여, 바다의 수호신이여

— 천안함 46 용사를 기리는 노래

해보다 밝은 별들이어라

조국수호의 서해전선을 지키다가

적들의 불의의 폭침으로 순국한

대한민국의 자랑스러운 마흔여섯 해군 용사들

이 나라의 하늘에 불멸의 성좌로 떠 있어라

동해, 서해, 남해, 삼면이 바다인 우리 강토

바다는 장엄한 반만년 역사의 보루였고

이 겨레 기름진 삶의 터전이었느니

조국의 아들들이여 용사들이시여,

그대들이 영예롭게 선택한

해군의 이름만으로도

가슴과 어깨에 빛나는 계급장만으로도

그대들의 나라사랑, 그대들의 용맹은

천하무적의 개선군이었어라

아, 그날 2010년 3월 26일 파도도 잠드는 시간

누구는 아버지 어머니께 문안전화를 드리고

누구는 연인을 그리는 편지를 띄우고

꽃다운 젊음들이 평화의 꿈을 펼칠 때

어찌 뜻하였으리

하늘이 무너지는 한순간의 참화가

우리의 고귀한 아들들을 앗아갔어라

그대들의 육신 그대들의 정신은

저 왜적을 막으려 스스로 동해의 용이 된 문무대왕

대륙까지 호령하던 해상왕 장보고 대사

백전백승 구국의 성웅 충무공의 얼을 받았으니

그대들로 하여 분단 조국은 하나가 되고

그대들로 하여 대한민국은 세계 으뜸이 되고

그대들이 바친 목숨 영원한 성좌가 되어

길이길이 이 겨레 빛이 되리라

자유, 평화를 지키는 수호신이 되리라

2011, 2 백령도 46용사 위령탑 비문

저 높은 모국어의 산맥을 우러르며

― 고 김윤식金允植 선생 영전靈前에

하늘 높은 이 나라의 가을입니다

백두대간의 산과 물도 황금빛 비단을 입고

국화 형기 더불어 새 소리 구성진

풍성한 모국어의 계절입니다

김윤식 선생님

이 화창하고 좋은 날

사랑하는 제자들 손 잡고

노을 지는 강가나 머리칼 날리는 억새밭 길

함께 걷자고 하실 이 시간에

어이하여 먼 길 떠나신단 말씀도 안 주시고

이렇게 홀연히 나서시는 것입니까

어디서 몰려온 검은 구름이

캄캄하게 해를 가리니

북악과 남산이 솔바람 소리를 끄고

묵념하며 숨죽여 울고 있습니다

김윤식 선생님

선생님은 저들이 우리말과 글자와

이름까지도 송두리째 빼앗고 짓밟던

가장 엄혹했던 항일기抗日期에 태어나시어
가 갸 거 겨를 땅에 새기며
모국어의 아들이 되어 자라나셨습니다
메뚜기를 쫓던 어린 날
둘째 누님의 책에 빠져서
먼 내일의 세계에 눈을 뜨셨다지요
그때부터 아지 못하게 모국어의 씨앗이
몸 안에서 싹트고 잎을 피웠겠지요
책 읽기에서 시, 소설, 평론 등의 글쓰기는
어느새 김윤식 레토릭의 눈부신 절정을
이루게 되었겠지요
― 손톱자국 난 가슴으로 서해바다 소금 긴
바람에 피 묻은 조각 같은 깃발이었다면
너는 웃으라 ― 현대문학에 평론가로
첫발을 내딛던 소감 「모든 너에게」는
저 어두웠던 6십년대의 첫 새벽을 깨우는
닭 울음소리였습니다
그날로부터 어언 육십성상六十星霜

195

선생님은 흐리고 개인 날, 바람 불고 눈 오는 날

어느 하루도 쉬지 않고

오직 강의실과 서재를 오가며

잉크를 찍어서 쓰는 붓이 아니라

영혼을 달이고 피를 삭히는 무릎으로

물경 2천만 자의 대장경을

원고지에 각자刻字하여 「근대한국문학연구」를 비롯한

일백오십 권의 명저名著들을 펴냈습니다

이것은 한 사람의 한 생애가 해낸 작업이라고는

믿기지 않는 일이며

나라 안에서 뿐이 아니라

세계문학사에서도 유례가 없는

하나의 경이요 개벽이었습니다

이에 이르는 온축이며 탁마며 박학博學이며

사상이며 지성이며

투혼이며 각고刻苦며 인내를

어느 누가 구경究竟으로 이루겠습니까

선생님은 곧 한국문학 백년사이시며

움직이는 한국문학관이셨습니다

아니 모국어의 장엄한 대산맥大山脈이시고

한글문학의 대하大河이십니다

선생님의 연구는 곧 과학이었고 철학이었고

역사이었고 미래이었습니다

우리 근현대사의 시간과 공간을

바둑판처럼 날줄 씨줄로 직조織祖해 놓고

그 시대 시대의 작가들의 작품과 생애를

허블망원경 또는 현미경으로

속속들이 핀셋으로 집어내었습니다

항일抗日과 친일親日, 카프와 민족, 참여와 순수……,

격동기의 혼란을 극복하면서

선생님의 붓은 언제나 중심을 잡고 있었고

한국문학의 어제를 밝히고 미래를 비추는

등대로 자리를 지켰습니다

앞서간 작가들에게는 금서禁書의 딱지를 떼어주고

서고에서 좀 먹히는 활자들을 살려내어

문학사의 이정표로 세웠으며

오늘의 작가들에게는 햇빛과 바람과 물을 주고
졸탁동기로 발굴하여 새롭게 탄생시켰습니다
이 시대의 시인 작가 어느 누구도
선생님의 붓끝에서, 아니 상처를 딛고
휴식 없이 밀고 나가는 무릎에서
더운 감동의 물살과 깨우침을 받지 않은 이가
있던가요
선생님으로 하여 한국문학사는 더욱
풍요로웠으며 이 땅의 작가들은
행복한 글쓰기를 하였습니다
돌이켜보면 저희들은 참 선생님을
많이도 따랐습니다
이호철, 박완서 선생님들과 여러 후학들
돈황막고굴, 명사산, 서안병마용, 바이칼
앙코르와트, 트로판천지, 몽골초원
베트남 지하벙커, 하롱베이, 금각사……,
또 어디 어디
연변대학 특강 모시고 갔다가 저와 둘이서

용정 윤동주, 송몽규 묘소를 찾았던 때도
바로 이맘때였습니다
김윤식 선생님
정호웅, 서경석……, 사랑하는 제자들과
저희들 데리고 한 번 더 바깥나들이 가시면
안되나요
그립고 그립습니다 보고 싶고 보고 싶습니다
저희들에게 베푸신 사랑 너무 고마웠습니다
부디 다시 하늘붓 잡으시고 땅 위에 지으신
모국어의 대산맥 위에 시, 소설도 지으시어
높은 봉우리 올리소서
우러러 우러러 보겠습니다

2018년 10월 27일 <영결식에서 낭독>

솟아오르는 백두대간이여
하나 되는 국토의 혈맥이여
– 백두대간 이화령 구간 복원에 붙여

눈부시구나
드높은 하늘을 머리에 이고
산과 물 보듬고 어흥! 등뼈를 세우며
굽이굽이 치닫는 우리의 백두대간
봄 오면 진달래, 산벚꽃 다투어 피고
뻐꾸기, 멧비둘기 우짖는 여름
가을이면 타오르는 만산홍엽
겨울엔 설화 피어 세상 밝히는
금수강산 한 허리가 빛 잔치이구나

그렇다
저 겨레의 성산 백두 천지로부터
금강, 설악, 태백, 소백, 죽령, 속리, 덕유
지리로 뻗어 내린
이 장엄한 국토의 혈맥을 타고
반만년 자랑스러운 역사를 들어 올리며
봄, 여름, 가을, 겨울
씨 뿌리고 가꾸고 거두어

오순도순 복되고 기름진 삶을 꾸려왔거니
흙 한 줌 풀 한 포기인들 사랑으로 다독이며
만대를 우러러 받들지 않을 수 있겠느냐.

오늘 여기 국토의 대동맥을 잇는
이화령 고갯길은
일제의 삽날로 끊어진 지 오래
상처로 남았더니
이제 아픈 세월을 씻어내고
세계로 나아가는 더 큰 나라
인류의 멘토로 나서는 더 큰 겨레의
우렁찬 출정을 하는 백두대간의 첫걸음이다

한반도의 젖줄 한강과 낙동이
여기서 두 갈래 길을 내고
동과 서, 남과 북을 경계로
고구려, 백제, 신라의 요새였던
이울재 마루,

이 길을 넘어 문화와 물류가 오가고
역사의 고비마다 말발굽 소리와
포성은 지축을 흔들었으리라.

그러나 끊긴 국토의 혈맥이 하나 되는 오늘
반가워라, 단군께서도 오시고
주몽, 온조, 혁거세 잔을 드시니
백두, 묘향, 금강, 지리, 한라 덩실
춤을 추는구나
나라의 평화, 겨레의 자유와 복락
이화령에서 꽃으로 피어나리니
솟아오르는 백두대간이여
하나 되는 국토의 혈맥이여
통일의 새 아침을 향하여
우리 함께 날아오르자
새 역사의 탑을 쌓아 올리자.

일제가 끊어놓은 백두대간 "이화령" 구간 복원 기념비에 새김
2012, 11, 15

李 根 培 (아호 사천沙泉)

1940년 충남 당진에서 유학자인 이각현李覺鉉 공의 장남
독립운동가 선준銑濬 공과 거유 장후재張厚載 학사
의 셋째 딸 순의順儀 여사의 외동아들로 태어남.

1958년 당진상업고등학교 졸업. 서라벌예술대학 문예창
작과 문예장학생으로 입학. 김동리·서정주 선
생의 문하생으로 글짓기를 배움.
공초 오상순 선생께 아호 '사천'을 받음.

1960년 시집 『사랑을 연주하는 꽃나무』를 서정주 선생
서문으로 출간.

1961년 경향신문 신춘문예 시조 「묘비명」 당선.
서울신문 신춘문예 시조 「벽」 당선.
조선일보 신춘문예 시조 「압록강」 당선.

1962년 동아일보 신춘문예 시조 「보신각종」 당선.
조선일보 신춘문예 동시 「달맞이꽃」 당선.

1963년 문공부 신인예술상(시부문) 수석상, 「달빛 속의
풍금」·문공부 신인예술상(시조부문) 수석상, 「산
하일기」로 수상.

1964년 한국일보 신춘문예 시 「북위선」 당선.
문공부 신인예술상 문학부 특상, 시 「노래여 노래
여」 수상.
시동인지 『신춘시』 박이도, 이탄, 趙泰一, 이가
림 등과 1969년까지 펴냄.

1967년 황희 선생 17대손 만산滿山 공의 차녀 연숙蓮淑과
결혼. 중앙출판공사 편집장.

1968년 동화출판사 주간(~1976년).

1972년 한국시인협회 상임위원. 한국문인협회 이사.
한국시조시인협회 부회장 피선.

1973년 국제펜클럽 한국본부 이사.

한국문인협회 시조분과위원장 피선.

《문학사상》《월간문학》《민족과 문학》《문학의 문학》《유심》《현대시학》외 각 문예지 시, 시조 신인상 심사위원 역임(~2019년).

1976년 월간문예지 《한국문학》 발행인 및 주간(~1984년).

1977년 한국일보, 동아일보, 조선일보, 중앙일보, 문화일보, 서울신문, 대구매일, 국제신문, 불교신문, 농민신문 외 신춘문예 심사위원 역임(~2019년).

1978년 이후 한국문학작가상, 정운시조문학상, 가람문학상, 중앙시조대상, 공초문학상, 지용상, 월하문학상, 고산문학상, 한국문학상, 한국시인협회상, 현대불교문학상, 유심상, 백수문학상, 만해대상 등 심사위원 역임(~2019년).

1981년 시집 『노래여 노래여』(문학세계사) 출간.

1982년 시조집 『동해바다 속의 돌거북이 하는 말』 출간.

서울예술대학문예창작과 시창작 강의(~1988년).

1983년 가람문학상 수상. 한국문인협회 부이사장 피선.

1984년 장편서사시 〈한강〉 한국일보에 주1회 1년 연재.

1985년 장편서사시집 『한강』(고려원) 출간.

1986년 올림픽스타디움 개막기념 칸타타 「산하여, 아침이여」 작시(백병동 작곡, KBS 주최).

1987년 한국문학 작가상·중앙시조대상 수상.

경향신문 민요기행 〈노래의 산하〉 연재(~1988년).

1988년 서울올림픽기념 칸타타 「조용한 아침의 나라」 제1부 작시(장일남 작곡, MBC 주최).

1989년 기행문 <소련, 동구를 가다> 세계일보 연재.

1990년 동아일보 <문단수첩> 연재(~1991년).
계간 ≪민족과문학≫ 주간(~1992년).
기행문 <시가 있는 국토기행> 중앙일보 연재 (~1993년).

1992년 <한시감상> 문화일보 연재(~1994년).

1993년 문학기행 <러시아 문학산실> 서울신문 연재.

1994년 한국시조시인협회 회장 피선.
서사시 <동학의 함성을 찾아서> 서울신문 연재.

1995년 추계예술대학 문예창작과 현대시론 강의(~1996년).
광복50주년기념 칸타타 「대한민국」 작시(나인 용 작곡, KBS 주최).

1997년 기행문집 『시가 있는 국토기행』(중앙M&B) 간행.
중앙대학교 국문과 현대시론 강의. 육당문학상 수상(~1998년).
지용회 회장(~2010년).

1998년 재능대학 문예창작과 교수(~2004년).

1999년 공초(오상순)숭모회 회장(현재).
월하문학상 수상.

2000년 편운문학상 수상.
중앙일보 <시가 있는 아침> 연재(1~12월).

2002년 사단법인 한국시인협회 회장 역임(~2004년).
현대불교문학상 수상.

2003년 중앙일보 <남기고 싶은 이야기들> 연재(1~3월).
만해학교 교장(~2007년).

2004년 한국시인협회 평의원(현재).

4월 시집『사람들이 새가 되고 싶은 까닭을 안다』
(문학세계사) 간행.

시와시학 작품상 수상.

2005년 신성대학교 석좌교수(~2017년).

5월 제1회 태촌문화대상 수상.

2006년 현대시조 100년 세계민족시대회 집행위원장.

(사)심훈상록수기념사업회 공동대표(현재).

현대시조포럼 의장(~현재).

5월 시집『종소리는 끝없이 새벽을 깨운다』
(동학사) 출간.

7월 시조집『달은 해를 물고』(태학사) 출간.

2007년 계간 ≪문학의문학≫ 주간(~2010년).

제5회 유심작품상 수상.

2008년 7월 대한민국예술원 회원(현재).

활판 시선집『사랑 앞에서는 돌도 운다』(시월) 출간.

2009년 고산문학상 시조부문 수상.

2010년 중앙대학교 예술대학 초빙교수(현재).

2011년 2월 네이비문인클럽 회장(현재).

8월 제15회 만해대상 문학부문 수상.

10월 14일 은관문화훈장 수훈.

네이비문인클럽 회장(해군;현재).

3월 「천안함 46용사위령탑」 비문 헌시(국방부).

6월 의병의날 제정 「의병의 노래」 작사(행정안전부).

육이오전쟁 참전기념비, 비문 헌시(파주시).

8월 제15회 「만해대상 문학부문」 노벨문학상수
상 작가 모엔과 공동 수상.

10월14일 「은관문화훈장」 수훈.

2012년 3월 만해대상심사위원장
간행물윤리위원장(~2015년).
10월 국군의 노래 「조국에 바친다」(국방부).
백두대간 이화령 복원기념비 비문 헌시(행정안전부).

2013년 2월 독도의 노래 「독도만세」 작시(경상북도).
6월 <한국대표명시선100> 주간 및 책임 편집.
8월 <한국시백년대회> 집행위원장.
12월 시집 『추사를 훔치다』(문학수첩) 출간.

2014년 3월 신성대학교 박물관장(~2017년 6월).
3월 제46회 한국시인협회상 수상.
4월 제4회 이설주문학상 수상.

2015년 5월 제27회 정지용문학상 수상.
12월 대한민국예술원 부회장(~2017년).

2017년 3월 한국시조대상 수상.
9월 제4회 심훈문학대상 수상.

2018년 7월 대한민국예술원 문학분과회장(~2019년)

2019년 11월 현재 중앙대학교 초빙교수.
세계한글작가대회 조직위원장(국제펜 한국본부).
대한민국예술원 회장.

이근배 기념시집
대백두에 바친다

초판발행 2019년 10월 30일
재판2쇄 2019년 12월 24일

지 은 이 이 근 배
펴 낸 이 이 창 섭
펴 낸 곳 시인생각
등록번호 제2012-000007호(2012.7.6)
주   소 ㉾10364 고양시 일산동구 호수로 688. A-419호
전   화 050-5552-2222
팩   스 (031)812-5121
이 메 일 lkb4000@hanmail.net

ⓒ 이근배, 2019
ISBN 979-11-5582-001-8 03810

이 도서의 국립중앙도서관 출판예정도서목록(CIP)은
서지정보유통지원시스템 홈페이지(http://seoji.nl.go.kr)와
국가자료공동목록시스템(http://www.nl.go.kr/kolisnet)에서 이용하실 수 있습니다.

(CIP제어번호 : CIP2019043042)